金子成人

幻冬舎時代小説文庫

小梅のとっちめ灸

（五）豆助騒動

DTP　美創

目次

雷門
大川橋
蛇骨長屋
亀戸天神
浅草御蔵
横十間川
柳橋
玉井屋
本所
回向院
竪川
両国橋
大川
高砂橋
新大橋
小名木川
高橋
万年橋
仙台堀
海辺橋
永代橋
恵然寺
富岡橋
笹生亭
永代寺
富ヶ岡八幡宮
深川
蓬莱橋
三春屋
北
0
1000m

不忍池
忍川
湯島天神
神田明神
(日本橋高砂町)
薬師庵
(元大坂町)
治郎兵衛の長屋
浜町堀
高砂橋
鬼切屋
(日本橋竈河岸)
神田川
佐柄木町
両国
西広小路
浜町堀
時の鐘
江戸城
江戸橋
日本橋
拡大図へ
鎧ノ渡
日本橋川
日本橋
北町奉行所
加賀屋
箱崎
湊橋
楓川
八丁堀
霊岸島
南町奉行所
築地
秋田金之丞家
本願寺

地図制作：河合理佳

第一話　女心と夏あらし

一

江戸近郊の農家の忙しさが一段落した芒種《ぼうしゅ》の候である。

中天から射す陽光を菅笠《すげがさ》で避けている小梅《こうめ》が、灸の道具箱を提げて日本橋川の東岸を疲れたように歩いている。

天保十四年（1843）の五月半ばに近い頃おいだった。

暑い。

暑い上に、大いに疲れていたのだ。

日本橋高砂《たかさご》町の『灸据所《きゅうすえじょ》　薬師庵《やくしあん》』での午前の療治を済ませた後、小梅は早めの昼餉《ひるげ》を摂って家を出ていた。

築地へと向かうべく、かつての芝居町である堺町《さかい》から葺屋町《ふきや》へと抜ける筋を通っていた時、どこからか、年の行った女の悲鳴が聞こえた。

その直後、

「掏摸《すり》だ」

という男の声がして、足を止めたのだ。

「その掏摸を捕まえておくれっ」

切羽詰まった女の声に辺りを見回すと、小梅のすぐ脇をかすめるようにして男が駆け抜けて行った。

「足を止めた裁着袴《たっつけばかま》の若い衆、追っとくれぇ」

裁着袴を穿《は》いた小梅を若い衆と見間違えたようなのだが、小梅はそれには構わず道具箱を置くと、白地に将棋の駒模様という着物の裾を翻《ひるがえ》していく若い男の後を、弾かれたように追いかけた。

伊勢町堀に架かる荒布《あらめ》橋を渡ったところで、迫っていた小梅を振り向いた途端、逃げていた男は江戸橋の袂《たもと》から日本橋川に飛び込んで、下手な泳ぎながら、がむしやらに対岸へ向かって泳いで行った。

追ってきた男たちから、舌打ちが聞こえた。

川に飛び込まれてはしょうがないという諦めの音だった。

「お前さん、追いかけてもらって、すまなかったね」

年の行った女の声がしたので振り向くと、

「これ、橋の袂に置いて行くの見たから」

小間物屋の印半纏《しるしばんてん》を着た四十半ばほどの女が、小梅の道具箱を目の前に差し出した。

「ありがとうございます」

受け取ると、小梅は頭を下げた。

「あ、娘さんだったのかい。わたしはてっきり」

そこまで口にして、女は小さく笑った。

「お金を盗られましたか」

小梅が気遣《きづか》うと、

「お届けした帰りでね、冷水《ひやみず》売りがいたからつい立ち止まって、財布を出した途端にね。でも、大して入ってなかったから」

　女は小さく笑い、

「足を止めさせて悪かったね」

　そんな声を掛けて、伊勢町堀の小舟河岸《こぶながし》を北の方へと足を向けた。

　小梅がもう一度日本橋川に眼を遣ると、川面にはすでに掏摸の姿はなかった。

　とたんに、暑さと疲れが小梅を襲った。

　そんな騒動に巻き込まれた後、小梅は日本橋川の東岸を下流へと歩を進めていたのである。

　小網町二丁目にある明星稲荷の前に差し掛かったところで、ふうと大きく息を吐いて立ち止まった。

　小梅の行く手には鎧河岸《よろいがし》があって、そこには鎧ノ渡がある。

　今日の出療治先は築地だった。

　日本橋川を下って、霊岸島に渡り、そこから越前堀、八丁堀を通り越して南へと進み、築地本願寺の方へ向かうつもりだった。

　しかし、迷いが出た。

掏摸を追ったせいもあり、体が火照っている。

熱を帯びた菅笠が頭のてっぺんを蒸して、くらくらさせる。

よし――胸の内で声を出した小梅は、鎧ノ渡から船に乗ることにした。

渡船に乗れば霊岸島まで足を延ばさなくて済むのだ。

そう決めると、鎧ノ渡へと足を向けた。

対岸の茅場《かやば》河岸から戻って来る渡船を待っているのか、町人や担ぎ商いの男女に交じって武士の姿も二、三見受けられた。

「どうしたんだい」

声が掛かると同時に、肩を軽く突かれた。

菅笠を上げて振り向くと、束にした榊《さかき》の小枝を小脇に抱えたお菅《すが》の訝《いぶか》るような顔があった。

「小梅ちゃんって、さっきから声を掛けてるのにどうしたんだよ、ボウッとして」

「あ、どうも」

「なにか考えごとでもしてたのかい」

ずけずけとものを言う七十に近いお菅は、『薬師庵』の常連客の一人である。

そんな年とはいえ、人捜しや失《う》せ物捜しを請け負って神様を拝み、御託宣を聞いてやるという〈拝み屋〉を生業《なりわい》にしている。

神への拝みを頼んできた相手の家に行くこともあるので、方々へ出かけるが、まるで疲れ知らずの強靭な足腰をしている。

だが、老いた体には無理が祟《たた》る。

足腰を痛めては灸を据えにやって来るのだ。

渡船が船着場に着くと、乗ってきた客が鎧河岸へと上がり、待っていた客が船へと乗り込む。

「出療治先は八丁堀かい」

お萱は、小梅の道具箱を眼にして問いかけた。

「築地の本願寺近くなんだけどね」

「そうかい。じゃまた」

お萱は小梅に声を掛けると、小網町二丁目横丁の方へ足を向けた。

難波《なにわ》町裏河岸の『弁天店《べんてんだな》』にある我が家へ戻るものと思われる。

小梅は、船待ちをしていた客の最後に乗り込んで、艪《ろ》を漕ぐ船頭の近くに腰を下ろした。

向かうのは、本願寺の西、築地川に面した二千石の旗本、御書院番を務める秋田《あきた》金之丞《きんのじょう》家の屋敷である。

「先月、将軍家が日光の東照宮に参拝に行ったそうだが、ありゃどうも、六十七年ぶりのことだったそうだぜ」

そんな男の声がすると、

「まぁ、あれだな。わざわざ日光くんだりまで行かなくったって、将軍家のご先祖の墓は江戸の寛永寺や増上寺にあるからよぉ」

「なるほど。江戸でお参りすれば、なにも大枚をはたいて日光まで行くことはねぇな」

「そういうこった」

男たちからそんなやりとりが聞こえてくると、武士の一人が軽く咳払いをした。

「そんなことより、おれが心配なのは、大川の川開きだよぉ」

将軍家の日光社参の話をしていた二人連れの男の一人が話を変えた。

「おぉ、両国橋の打ち上げ花火のことだろっ」

連れの男が即座に応じた。

すると、

「今年は花火が上がらないということでしょうかねぇ」

老婆の寂しげな声がした。

「いや、『玉屋』はいなくなっても、『鍵屋』がいるから、花火が上がらないということはねぇんじゃねぇかねぇ」

と、担ぎ売りの男からそんな声が出た。

将軍家の日光社参と同じ四月、両国吉川町の花火屋『玉屋』が火事を出して、町内の大半を焼いてしまうという失態を犯したのである。

その科《とが》によって、江戸所払《ところばら》いの処罰をうけた『玉屋』は江戸から去っていた。

江戸の者たちの関心は、二十八日の川開きの恒例になっている両国の花火が見られるかどうかにあった。

果たしてもう一つの花火屋『鍵屋』だけで花火を打ち上げるのか、それとも取りやめになるのかということにやきもきしていたのである。

「はぁ」

真上から日射しを浴びていた小梅の口から、暑さにうだるため息が洩《も》れ出た。

二

茅場河岸近くの渡し場で渡船を下りた小梅は、牧野豊前守《ぶぜんのかみ》家の屋敷沿いに南へと足を向けた。

南北町奉行所の与力や同心の組屋敷の多い、俗に八丁堀と言われている町をひたすら南へ向かうと、楓《かえで》川と京橋川、それに三十間堀が交差する場所に行き着く。

そこは、川の四つ辻とも言うべきところで、それぞれの川に橋が架かっている。

そこにある三つの橋を渡った小梅は、南八丁堀へと歩を進め、近江国《おうみのくに》膳所《ぜぜ》藩本多家と伊予国吉田藩伊達家の上屋敷の間の道を通り抜けた先の相引橋を渡る。そこからさらに築地川の東岸沿いを南へと向かった先に、通い馴れた秋田家はあった。

開け放たれた門を潜った小梅は、式台前に立つと、

「お頼み申します。日本橋の『薬師庵』から参りました」

式台から奥へと延びる廊下に向かって声を張り上げた。

ほどなくして、摺《す》り足で現れた若い家士が式台に立ち、

「綾姫《あやひめ》様の療治と聞いておりますので、ご案内いたします」

「はい」

小梅は、家士の申し出に答えると、下駄を脱いで式台に上がる。

そこへ、

「おうおう、やはり小梅殿だったな。その先でここからのやり取りが聞こえたのでな」

袴の裾を翻すようにして急ぎ現れたのは、小さな文箱を両手に持った秋田家の用人、飛松彦大夫《とびまつひこだゆう》である。

「こちらはわしが案内する故《ゆえ》な」

彦大夫から声を掛けられた若い家士は、軽く頭を下げて、その場を去った。

「ささ、こちらへ」

彦大夫はそう言うと、小梅の先に立って廊下の奥へと向かう。

用人の飛松彦大夫は、三年前から『薬師庵』に通っている常連の客である。

その彦大夫から、昨年の九月、秋田家の次女である綾姫が手足の冷えに悩まされ

ているという相談を受けて、小梅は初めて屋敷へ出療治に訪れたのである。

それから何度か療治に通ったある日、足を温めて血行を促すツボの『湧泉《ゆうせん》』や、肩の下の『膈兪《かくゆ》』などに灸を据えていたのだが、ふとした拍子に、うつ伏せになった綾姫の後ろ髪の下に碁石大の禿《はげ》があるのを見つけたのだ。

綾姫の療治の後、侍女《じじょ》の牧乃《まきの》から、禿はすでに三月も前に見つけていたと打ち明けられた。

そのことに綾姫は気付いておらず、禿があることは秘しているのだと牧乃は顔を曇らせた。

そんな苦衷《くちゅう》を知った小梅は牧乃と諮《はか》って、綾姫には内緒で、禿の原因のひとつと思われる気鬱《きうつ》や心労を和らげる灸を施すことにしたのである。

しばらくして、当の綾姫は自分の頭に禿があることを知って混乱したものの、小梅の強い進言を聞いて療治を続けることを承知したのだった。

それ以来続けた療治の効果は、緩やかにではあるが表れている。

「彦大夫でございます」

廊下で声を掛けた彦大夫が襖《ふすま》を開き、小梅を従えて庭に面した部屋に入ると、

「小梅さん、わたしの頭を見ておくれ」

牧乃と一緒にいた綾姫が、零《こぼ》れるような笑みを見せて、背中を向けた。

背中に回った牧乃は、軽く首を曲げた綾姫の後ろ髪を両手に包むようにして持ち上げ、地肌を見せた。

「小梅さん、どうじゃ」

「禿が、なくなっています」

小梅の口から、呟きが洩れた。

「まことか」

近づいて膝を立てた彦大夫が、綾姫のうなじに顔を近づけ、

「おぉ」

と声を発した。

「今日の療治をお願いした翌日、わたしが気が付きまして」

牧乃はそう言うと、綾姫の髪から手を離し、

「根気よく療治を続けてくれた小梅さんのお蔭です」

小梅に向かって軽く頭を下げた。

「いいえ。姫様の心のありようが、健やかに上向いたせいだと思います」

「それもこれも、小梅さんが療治に来てくれるようになってからのことですよ。引っ込み思案だった姫様の口数も増えましたし、思いを口になされるように」

「そう言えば、姫様のお顔に、以前よりも笑みがよく見られるようになりました」

彦大夫は牧乃の言葉に続けてそう言うと、一人で大きく頷いた。

そして、

「某《それがし》が思いますに、姫様にとっては、屋敷を訪れる小梅殿そのものが良薬だったということです」

と断じた。

「とんでもないことでございます」

小梅は、彦大夫からの余りの褒め言葉に困惑して笑みを作り、

「そういうことでしたら、禿の療治は今日限りということにいたしましょう」

軽く頭を下げた。

すると、

「だけど、今日の小梅さんは元気がないわね」

綾姫からの問いに戸惑ってしまい、小梅は返す言葉もなかった。

「これきりになるから？」

「いえ。禿と、冷え性の方はまた別の療治ですから」

小梅は即座に打ち消した。

「そうよね。禿は治っても、小梅さんには屋敷に来てほしいもの。じゃないと、わたしはまた禿になってしまうかもしれないし」

「それは困ります」

彦大夫からは困惑の声が飛び出した。

「もし、わたしの様子がおかしいとしたら、つい最近、知り合いが死んだことがあるのかもしれません」

「え。どなたか親しい人が亡くなったの？」

綾姫が眉をひそめた。

小梅が口にした知り合いというのは、弥助《やすけ》のことである。

今年の一月、博徒の親分である『油堀《あぶらぼり》の猫助《ねこすけ》』が、子分たちと共に斬殺されるという事件があった。猫助の子分だった弥助は行き場をなくして町を彷徨《さまよ》い、遂には食い逃げをするまで切羽詰まってしまったのだ。

その苦境を知った小梅は、食い逃げをした飯代を肩代わりした上に身柄を預かり、知り合いの金助《きんすけ》という男に託していた。

金助とともに『雷避けのお札売り』をしていた弥助が、先日、死体となって大川の中洲に引っ掛かっていたのである。

殺されたということは綾姫や彦大夫たちに秘したが、弥助の死は小梅にも関わりがあるのではないかという自責の念が、顔色に出ていたのかもしれない。

三

築地にある秋田家を後にした小梅は、行きとは違う道筋で日本橋高砂町の『薬師庵』へ向かっていた。

楓川の西岸を進んで江戸橋を渡ったら、荒布橋から照降《てりふり》町へと行くつもりである。

江戸橋を渡り始めた小梅は、橋の途中で足を止め、下流側の欄干《らんかん》に凭《もた》れて日本橋川の先に眼を遣った。

弥助の死体が引っ掛かっていたという大川の中洲は、日本橋川が大川に注ぎ込むあたりに架かる永代橋の少し上流にある。

弥助の死体は、小さな太鼓を付けた竹の輪を背に負ったまま、中洲に引っ掛かっていたという。

そのことを目明かしの矢之助《やのすけ》から聞いたのが十日前のことだった。

脇腹を匕首《あいくち》のようなもので刺され、首筋を斬られていたから、殺されたことに間違いなかった。

下手人は分かっていないが、小梅には目星がついていた。

もとは深川の材木問屋『木島屋《きじまや》』の手代だった小三郎《こさぶろう》である。

この二月、亀戸に梅見に行った日の夜、浅草下平右衛門町《しもへいえもん》の船宿からの帰り道をつけてきて、匕首を抜いて小梅に襲い掛かった男なのだ。

その時、助けに入ってくれたのが金助と兄貴分の佐次《さじ》、それに弥助だった。

小梅を襲った男の被っていた頬被《ほっかむ》りが取られると、その顔を見て弥助が「小三郎」と口にした。

同じ深川にあって、材木問屋『木島屋』の用心棒のような役割をしていた博徒、

『油堀の猫助』の身内だった弥助は、当然、『木島屋』の手代だった小三郎を見知っていたのだ。

その場から逃げ去った小三郎を小梅が捜していると知ると、弥助が手伝いを買って出てくれた。しかし、どこかに身を隠している小三郎の周辺には、うかつには近づけない不気味な影があるように思えた。

消息が分かっても近づくなとは常々言い聞かせていたものの、弥助は小梅のためにと逸《はや》って小三郎に近づいたのではなかったか――そんな思いが、小梅を苛《さいな》んでいるのだ。

「なんだい、ぼんやりとして」

そんな声を掛けて近くで足を止めたのは、北町奉行所の同心、大森平助《おおもりへいすけ》で、厩新道《うまやじんみち》の目明かし、矢之助が付き従っていた。

「大森様、これはいいところでお会いしました」

小梅は軽く会釈すると、

「弥助殺しのお調べはどんな塩梅でございましょう」

丁寧な口を利いた。

「それがなぁ、これという話が出てこないんだよ」

大森の返答に、矢之助も同調するようにうんうんと小さく頷くのみである。

「栄吉《えいきち》に聞いたが、弥助の弔いは本所《ほんじょ》で済ませたそうだね」

矢之助の口から出た栄吉というのは小梅の幼馴染みで、矢之助の下っ引きを務めている。

「死体が見つかった翌々日に、はい」

頷いた小梅は、弥助が身を寄せた『鬼切屋《おにきりや》』の仲間たちと小梅が集まって、本所の回向院《えこういん》でささやかな弔いを済ませたと告げた。

『鬼切屋』というのは、かつて両国で勇名を馳せていた香具師《やし》の元締の看板である。

町の祭りや寺社の縁日など、人出が見込まれる場所やその周辺には、多くの小さな露天商が集まって物を売る。

それら露天商は、香具師の元締が卸す品々を仕入れると、店を出す場所の差配も受けられる。

しかし、香具師の元締はほかにもいるから、売り場を巡ってはよく縄張り争いが起こる。

そんな時、香具師の元締の器量と度胸、それに漢気《おとこぎ》を持った子分が居るか居ないかがものを言う。

『鬼切屋』の初代の元締やその子分は、その当時、他から恐れられる存在だったと聞いている。

ところが、初代の息子が二代目を継ぐと、様子が変わった。

香具師のことより芝居や寄席が好きで、浄瑠璃《じょうるり》の稽古にも熱を入れていた二代目は、市村座の床山だった小梅の父、藤吉《とうきち》とも親しくなり、小梅は十年以上も前から『鬼切屋』の連中と交流を持っていた。

香具師の元締には向いていなかった二代目の時、他の勢力に押され、やがて縄張りを奪われると、『鬼切屋』の看板を下ろして両国を去ったのである。

二代目夫婦とその倅《せがれ》の正之助《しょうのすけ》は、一旦、知り合いのいる上総《かずさ》に身を寄せた。

しかし、心労が祟ったのか、二代目は上総で死に、その後正之助の母親も相次いで死んだ。

父親である二代目と気質が似ていた正之助は、好きな読み書き算盤《そろばん》を駆使しようと江戸に戻り、祖父が贔屓《ひいき》にしていた料理屋の帳場勤めを始めたのだ。

そんな正之助の元に、六年前、初代の元締の頃から『鬼切屋』にいた治郎兵衛《じろべえ》、二代目の時分に加わっていた佐次と吉松《よしまつ》が現れて、皆が集まる〈拠《よ》り所《どころ》〉が欲しいと懇願したのだ。

そんな三人の熱望に応えて、住吉町裏河岸の『嘉平店《かへいだな》』の住まいをかつての身内の集まる場として供しており、そこに住む正之助は、治郎兵衛たちからだけでなく、小梅の母であるお寅《とら》からも三代目と呼ばれていた。

回向院での弥助の弔いには、今は口入れ屋の帳場勤めをしている正之助、古老の治郎兵衛、浅草下平右衛門町の船宿の船頭をしている佐次、『文敬堂《ぶんけいどう》』という版元が刷る読売を売っている吉松、それに、弥助に雷避けのお札売りを伝授した佐次の弟分の金助、そして小梅も加わったのだった。

弥助の骨は、回向院の無縁墓に葬られた。

「小梅さん、大森様はお忙しいが、おれは今、これという難しい事件は抱えちゃいないから、弥助殺しのことは気にかけて探るつもりだよ」

矢之助からそんな声が掛けられた。

「よろしくお願いします」

労《いたわ》りの声を掛けてくれた矢之助に礼を述べると、小梅は大森にも頭を下げた。

七つ半（六時頃）の鐘が鳴ってからそろそろ半刻（約一時間）が経つ『薬師庵』の居間にはまだ明るさがあった。

ほんの少し前に日が沈んだばかりだから、行灯《あんどん》の明かりなど不要である。

『薬師庵』の居間は、療治に来る客の待合所になったり、終えた客がのんびりとひと時を過ごす場にもなったりしている。

この日、秋田家に出療治に出掛けた小梅は、『薬師庵』に戻るとすぐ、母親のお寅とともに療治場に入り、待っていた客に灸を据えた。

いつも通り、七つ半の療治の終了時刻を迎えると、小梅はお寅と急ぎ療治場の掃除と、それぞれの道具箱に備える艾《もぐさ》や線香などの過不足を確かめ、少なくなっていれば補充をして明日に備えるというのが、日課になっていた。

それから半刻ほどが経ち、今は居間の長火鉢の傍《そば》で向かい合って夕餉《ゆうげ》の膳を摂っている小梅とお寅の近くを、庭の縁に置いた蚊やりの煙がゆっくりと流れて行く。

箱膳には冷奴の他に、和布《わかめ》と茗荷《みょうが》を和えた蛸《たこ》の酢の物、焼いた鰯《いわし》、あさりの吸い物と白飯が載っている。

これは、療治場の片付けの後、食事作りを担っている小梅が拵《こしら》えた品々である。

お寅は、出来合いの物を買い求めることは出来るのだが、食事を作ることを苦手にしている。

そんな我が身を弁《わきま》えておとなしく食べればいいものを、たまに味がどうのこうのと口にするから、腹が立つのだ。

そういう時は、その日の夕餉にはわざと手を抜いた物を並べ、翌朝は前日の残り物を出すことにしている。

「だけどお前、秋田家の姫様は禿が消えてよかったじゃないかぁ」

お寅が、皿に載った鰯の身をほぐしながらそう口を開いた。

そのことは、秋田家から帰ってすぐお寅に伝えたことだった。

「気鬱も心労も消え、禿もなくなったとなると、あとは嫁入りだね」

そう言って鰯の身を口に入れたお寅は、

「秋田家には跡継ぎはおいでなんだろう？」

「たしか、兄上様がおいでのはず。それに、綾姫様の姉上様はとっくに嫁いでおいでだもの」

　小梅がお寅の問いかけに答えた。

「だったら、次は綾姫様の番だね」

　そう言うと、お寅はうんうんと一人合点して頷いた。

「わたしもだろ」

「なにが」

「嫁入り」

　小梅がさらりと口にすると、

「お前には、嫁入りなんかより、婿を取ってもらいたい」

　そう言って、お寅は箸を箱膳に置いた。

「どうして婿なんか」

「『薬師庵』の暖簾《のれん》を守るにはそれしかないじゃないか」

　背筋を伸ばしたお寅は、そう言い切った。

「だけどおっ母《か》さん、うちのどこに、守らなきゃならないほどの暖簾があるんだい。

『加賀屋』さんならともかくさぁ」

小梅が口にした『加賀屋』とは、日本橋の箔屋町で何代も続く老舗の箔屋で、そこの主の娘の療治に小梅が関わっていたのである。

「だったら、大きな布を買ってちょこちょこっと縫い合わせた暖簾を、うちの戸口に下げりゃいいじゃないか。浅葱《あさぎ》色に『薬師庵』の屋号を染め抜いてさぁ」

お寅は、自棄《やけ》のように吠えた。

「何言ってんだいおっ母さん。暖簾というのは、老舗の屋号と信用のことだよ。ただ、出入り口にぶら下げた布切れのことじゃないんだよ」

「それぐらい分かってるよっ。お前がうちの暖簾なんてないと言うから、売り言葉に買い言葉で、戸口の話をしたんじゃないか」

そう言うと、お寅は残りの飯を一気に搔《か》き込んだ。

小梅も負けずに鼻息を荒くして、黙々と箸を動かす。

「そうだお前、明日、金杉村のお玉《たま》さんの家への出療治は忘れちゃいまいね」

「分かってるよぉ」

愛想なく返事をした小梅は、茶碗の飯にあさりの吸い物の汁をぶっ掛けた。

するとすぐ、縁の軒端に下がっている風鈴が、涼やかな音をチリンと響かせた。

四

上野広小路から山下を通り過ぎた小梅は、道具箱を提げて日光道中を北へと向かっている。

築地の秋田家に行った日の翌日だった。

薄い雲が覆っているせいか、昼間の日射しとはいえ、さほど暑くはない。

裁着袴に下駄履きという、いつもの出療治の時の装《な》りだ。

行く先は、以前一度行ったことのある、金杉村にあるお玉の家である。

日光道中の両脇には町家が軒を連ねて立ち並んでいる。

下谷《したや》坂本町三丁目の先に三叉路があり、小梅は左方へ延びている道へと足を向けた。

その少し先にも三叉路があり、そこを左へと折れて金杉村の方へと進むと、西蔵院という寺の北端を流れる小川に橋が架かっていた。

その橋を渡った先に、板塀を巡らせた平屋と、扉のない小ぶりな冠木《かぶき》門があって、

『三味線指南　清河《きよかわ》すみ弥《や》』の看板が門柱に掛かっていた。

その看板の名が、三味線指南のお玉の名である。

「『薬師庵』ですが」

冠木門の先の戸口に立って小梅が声を掛けると、ほどなく現れた単衣《ひとえ》のお玉が、

「どうぞ、入って」

と招き入れて、家の奥へと導いてくれた。

小梅がお玉に案内されたのは、前回と同じ縁側の部屋だった。

そこにはすでに療治に使う薄縁《うすべり》が敷いてあった。

「あとは、手あぶりですね」

お玉はそう言うと、障子の開いている居間を通って台所の方へと向かった。

「わたしも支度をしますから、ごゆっくりどうぞ」

薄縁の傍に道具箱を置いて膝を揃えた小梅は、一番下の抽斗《ひきだし》から細紐を出して襷《たすき》がけをする。同じ抽斗から手拭いを二枚出して薄縁に置いた。

別の抽斗からは線香立てと線香を出して、箱の天板に置く。

「お待たせしました」

台所の方から戻ってきたお玉は、小さな手あぶりを小梅の近くに置くと、薄縁にうつ伏せになった。

小梅は、手あぶりの炭火から線香に火を点け、線香立てに立てる。

「今日は、どの辺りが凝ってますか」

「撥《ばち》を動かすせいか、右の手首と肘。それとやっぱり、首と肩かねぇ」

うつ伏せのお玉はくぐもった声で答えた。

小梅は、肩の方に引き下げたお玉の襟を手拭いで覆う。

「それじゃ、首と肩の方から据えますよ」

そう口にすると、『天柱《てんちゅう》』『風池《ふうち》』『百労《ひゃくろう》』という首のツボを指で押し、最初に『天柱』に艾を置く。

その艾に、線香の火を点けると、すぐに煙が立った。

夏場は障子を少し開けておけるので、線香や艾の煙は部屋に籠《こも》らずに流れて行く。

首のツボに療治を済ませると、肩のツボである『肩中兪《けんちゅうゆ》』『肩外兪《けんがいゆ》』『肩井《けんせい》』にも灸を施した。

肩のツボへの療治を済ませると、お玉には仰向けになってもらい、右の袖を肘の上まで捲《まく》り上げる。

「今日は、卯之吉《うのきち》さんはおいでにならないんですか」

『三陽絡《さんようらく》』という手首の痛みのツボと『曲池《きょくち》』『小海《しょうかい》』という肘のツボに療治を始めた小梅が問いかけると、

「広小路の方に使いに行ってもらったんだけど――すこし、遅いわね」

そう口にしたお玉の体が、心なし強張ったように感じた。

だがすぐに、

「ここのとこ、こっちの土地に慣れたのか、出掛けると道草をすることを覚えてしまったのよぉ」

笑み交じりの口を利いて余裕のある態度を見せたが、小梅は微《かす》かに違和感を覚えた。

お玉と卯之吉の結びつきには妙ないきさつがあったからだ。

お玉はもともと、卯之吉の父親、久次郎《きゅうじろう》に囲われて、『薬師庵』近くの『玄治店《げんやだな》』に住んでいたのだ。

ところが去年の十一月、師走まであと何日かという日に、久次郎の女房のお紺《こん》が倅の卯之吉を引き連れてお玉の住まいに押しかけて来たのである。

「こんな綺麗な着物も櫛《くし》も、うちのがお前に買ってやったものに違いないんだ」

お紺はそう喚《わめ》き散らすと、お玉の持ち物を卯之吉に命じて持ち出させるという所業に出たのだ。

ところがその後、お玉の家から持ち帰った品物の一部を、母親のお紺に内緒で返しに来た卯之吉の姿を、小梅は眼にしていた。

そんな出来事があった年も明けた今年の正月、お玉は『玄治店』を出て、久次郎と手切れをして心機一転するという決意を述べて、金杉村へと転宅したのである。

するとその直後、卯之吉が生家の瀬戸物屋から姿を消したことが分かり、母親のお紺を狂乱させるという騒ぎが巻き起こった。

それからしばらく経ったある日、お玉からの療治の依頼を受けて金杉村の家に行った小梅は、その家に卯之吉が住み着いていることを知ったのだった。

だが、このことは母親のお紺には伏せたままである。

「ただいま戻りました」

戸口の方から卯之吉の細い声がしたのは、小梅がお玉の腕に灸を据え終わった直後であった。

「これは小梅さん」

畳に膝を揃えて卯之吉が挨拶をすると、

「遅いよ」

棘のある声を発したお玉が、薄縁の上で横座りをした。

「組紐屋に行くだけで、どうして一刻（約二時間）近くも掛かるんだい」

「上野北大門町《きただいもんちょう》の『湖中庵《こちゅうあん》』というのがなかなか見つからず、もしかして、上野元《もと》黒門《くろもん》町じゃないかと思って向かいましたが、そこにもそんなお店はなく」

卯之吉が首筋に垂れる汗を拭きながら言う。

「あたしが言ったのは、上野北黒門町だよぉ」

「はい。通りがかりの人に聞いてやっとそこだと分かり、買うことが出来ました」

卯之吉は、渋い色の紙に包まれた小さな箱をお玉の前に置く。

「お前まさか、うちに稽古に来る弟子の誰かと、外で会ったりしてるんじゃあるまいね」

紙包みを開きながら、お玉が穏やかな声で問いかけた。

その穏やかな声がかえって凄《すご》みを際立たせていた。

「いいえ」

喉の奥から声を出した卯之吉は、額からも汗を滴《したた》らせた。

それが、暑さのせいなのか卯之吉の脂汗なのか、小梅には判断がつきかねた。

金杉村のお玉の家を出た小梅は、日除けの菅笠を被って日光道中を上野山下の方へと向かっている。

療治を終えて道具などの片付けをしながら、小梅はお玉と卯之吉のやりとりを耳にしていた。

じっくりと聞いていたわけではないが、お玉は卯之吉のこのところの様子に不安を抱えているようであった。

用事で家を空けた卯之吉の帰りが、時々遅くなるのはなぜかと、そのわけをこまごまと問い質したり、稽古にやって来る若い女の弟子たちへの愛想のいい態度や出過ぎた親切は誤解を招くなどと注意を促したりしていた。

お玉は尤《もっと》もらしい物言いをしていたが、小梅には、明らかにお玉の嫉妬だと思えた。

八つ（二時頃）の四半刻（約三十分）前にお玉の家を出た小梅は、上野東叡山《とうえいざん》の黒門前町に差し掛かったところで、ふと足を止めた。

高札場《こうさつば》のある黒門を入れば、上野山内に山王社があることを思い出して、そこを目指した。

黒門を通り抜けて少し先を右へ折れると、木々に囲まれた山王社があった。

その境内に三本ある藤の木のうち、一番南側に立つ一本は、小三郎が針売りのお園《その》を呼び出す合図として白糸を巻いていた枝を持つ木なのである。

その藤の木に近づいたものの、どの枝にも、白い糸は巻かれておらず、また巻かれていた痕跡も窺えない。

糸の謎を解いた弥助は、やはり独断で小三郎に近づいたために命を落としたものと思われる。

弥助が眼にしていたであろう藤の小枝を軽くさすると、小梅は急ぎ踵《きびす》を返した。

五

日本橋高砂町は黄昏《たそがれ》時を迎えていた。

台所で夕餉の洗い物を済ませた小梅は、土間を上がって居間へと向かう。

お玉の家への出療治から帰るとすぐ湯屋へ行って来た小梅は、裁着袴を脱いで浴衣姿になって前掛けを垂らしていた。

居間の火のけのない長火鉢で冷や酒を飲んでいるお寅の向かいに膝を揃えた小梅は、徳利を摑み、自分の湯吞に酒を注ぐ。

それを一口くいと呷《あお》る。

「うぅ、湯につかった後の酒で、疲れた足がほぐれるようだよ」

小梅の口から、いっぱしの吞み助のような台詞が飛び出した。

「お前、帰りが遅かったけど、どうしたんだい」

口に付けた湯吞を置くと、お寅がやんわりと問いかけた。

「なんだい、おっ母さんまでお玉さんみたいに」

「お玉さんとはなんだい」

お寅が軽く口を尖らせた。

「それがね」

小梅は小さく笑い、使いに行った卯之吉の帰りが遅いと言って気を揉んでいたお玉の様子を明かし、その言いぐさが今のお寅と似ていたと話しつつ、

「遅くなって夕餉の仕度は出来なかったけど、煮物や酢の物、こわ飯なんかも買い揃えて来たからいいじゃないか。だって、美味い美味いって食べただろう？」

と、少し高飛車に出た。

「あぁ、食べた。だけどあたしゃ、遅くなったわけを聞いてるんじゃないかぁ。お前、ほんとは、男と逢引きなんかしてるんじゃないのかい」

「あ。やっぱりお玉さんと一緒だ」

独り言のように吐き出した小梅は、湯呑の酒を一口飲む。

「だってさぁ、出療治に行っても、今まではすぐに帰って来ていたじゃないか。それが、このところ、動きが怪しいんだよ」

「なにがどう怪しいって言うのさ」

小梅は顔をしかめて、面倒臭そうな物言いをした。

「お前、この前鎧ノ渡で声を掛けたお菅さんに気付かなかったそうじゃないか。心ここにあらずで、ぼんやりしていたんだろう。お菅さんが言うには、お前の様子は、男に魂を抜かれた女の顔だったそうだ」

お寅の発言に何か言い返そうとしたが、返す言葉が見つからず、小梅は小さな吐息をついた。

「なにもね、お前に男がいちゃいけないなんて言ってるんじゃないんだ。いいんだよ、男がいたって。ただね、あたしに隠すのはちと水臭いじゃないかとそう言ってるんだよ」

「いないよっ」

小梅は、即座に声を張った。

「だって、お前の動きはおかしいじゃないか。根岸金杉村のお玉さんのところを八つ時分に出たとすれば、七つ（五時頃）時分にはここに帰り着くはずじゃないか。それなのになんだい、うちに着いたのは、仕事終いの七つ半（六時頃）過ぎってのはどういうことなんだい」

「おっ母さん、なかなか鋭いこと言うじゃないか」

そう口にして、小梅がふふふと笑うと同時に、

「こんばんは」

戸口の外から男の声がした。

「ほら、男だよ」

長火鉢に両手を突いて腰を上げると、お寅は出入り口へと向かい、

「お入り」

と声を掛けた。

小梅がお寅に並んで立つとすぐ戸が開いて、

「こりゃ、どうも」

と、佐次が土間に足を踏み入れた。

「お前さんだったかい。ま、お上がりよ」

「いや、これから三代目のとこに行く用があるんで、ここで」

上がるように勧めたお寅に断りを入れた佐次が口にした三代目というのは、ここから近い、住吉町裏河岸に住む『鬼切屋』の正之助のことである。

「実は、小梅さんに聞きたいことがあったもんですからね」

「なにか」

小梅が訝しげな声を向けると、

「いえね、今日の夕方『玉井屋』の用事で本所《ほんじょ》に行ったついでに、回向院に行ったんだよ」

佐次の言う『玉井屋』とは、浅草下平右衛門町の船宿である。

佐次はそこで船頭を務めている。

「そしたら、顔見知りの寺男から、昼間小梅さんが来て、無縁墓に線香をあげて行ったというもんだからね」

「根岸金杉村に出療治に行った帰り、弥助さんに線香でもと思って回り道したんですよ」

小梅がそう言うと、

「なんだ、そうだったのかい」

やりとりを聞いていたお寅はつまらなそうな声を洩らした。

「弔いの後バタバタしていて、ゆっくり墓参りにも行ってなかったから、今日はいい折だったんだよ」

小梅は、お寅に笑みを向けた。

「おれが今日回向院に寄ったのも、本所に行ったついでなんだよ」

片手を頭に遣った佐次は、小さな苦笑いを浮かべた。

小梅がお玉の家からの帰り、上野の山王社に立ち寄った後、本所へ向かったことに間違いはない。

だが他に、浅草に足を向けたわけもあった。

浅草田原町《たわらまち》の蛇骨《じゃこつ》長屋に住む針売りのお園が家にいれば、頼みたいことがあったのだが、生憎の留守だった。

小梅はそこからの帰り道に迷った末、大川橋を渡って中之郷《なかのごう》に向かった。

その時にはもう、大川に沿って南に下り、弥助の眠る回向院に寄ろうと、小梅の腹は決まっていたのである。

「それじゃ、今度またゆっくり寄りますよ」

そう言うと、踵を返した佐次は戸の開いた土間から表へと向かった。

「三代目によろしく言っとくれ」

「へい」

佐次がお寅の声に応えて、外から戸を閉めた。

六

深川馬場通に面した永代寺門前町一帯は、西に傾いた日を浴びていた。

先刻、八つ半（三時半頃）の鐘が鳴ったばかりだから、落日まではまだ二刻ほどの間がある頃おいである。

永代寺近くの旅籠《はたご》から出てきた小梅は、馬場通から永代寺の山門に通じる参道へと足を向けた。

夏の夕刻とあって、参道も行く手の馬場通も人の往来が激しい。

小梅が根岸金杉村のお玉の出療治に行った日から、二日が経っていた。

この日、深川へ来たのも出療治のためだった。

朝方、永代寺門前町の旅籠から使いが来て、灸の依頼があったのだ。

療治場で車曳きの権八《ごんぱち》の腰に灸を据えていた小梅の耳に、出入り口で使いに対応しているお寅の声が届いた。

お寅は、大川を渡る出療治は馴染みの客以外には応じていないと断ったのだが、療治を求めているのは、日本橋 通油《とおりあぶら》町の菓子屋『春月』の隠居、作兵衛《さくべえ》とのことだった。

それによると、今朝方、朝日が昇ってしばらくした頃、深川にやって来た作兵衛は永代寺の境内に入り、支王院、大勝院にも参拝したのち、深川富士にも参って、富ヶ岡八幡宮から二ノ鳥居へと足を向けたという。

ところが、馬場通へ出て一ノ鳥居へ向かいかけたところで石に躓《つまず》いて腰を痛めたので、永代寺門前の知り合いの旅籠に入って休ませてもらった。

しかし、なかなか痛みが取れないので、作兵衛は旅籠の者に頼んで使いを『薬師庵』に向かわせ、灸の出療治を依頼したというのが、使いの者が告げた経緯だった。

お寅は『春月』の隠居の作兵衛とは昵懇《じっこん》の間柄だったから断るわけにもいかず、午前の療治を済ませるとすぐ、小梅が深川に駆け付けたのだった。

作兵衛の療治を済ませた後、馬場通へ出た小梅は、菅笠を目深に被って永代橋へと足を向けていた。

この先は、真正面から西日を浴びる道すじになるのだ。

油堀西横川に架かる福島橋を渡ったところで、ふと足を止めた。

真っ直ぐ進めば永代橋へは近道となる。

だが、川に沿って巽《たつみ》河岸を越中島の方へ進めば深川相川町があり、『笹生亭《さそうてい》』があるのだ。

それは材木問屋『日向屋《ひゅうがや》』の主、勘右衛門《かんえもん》が造作したものだが、天保の改革を推し進める老中、水野忠邦《みずのただくに》の腹心として奢侈《しゃし》や娯楽を厳しく取り締まる南町奉行、鳥《と》居耀蔵《りいようぞう》が、もっぱら己の別邸として使っていた。

深川に来たついでに、『笹生亭』を眺めたいという思いに駆られたのだ。

別邸を見てどうこうしようという腹はない。

鳥居耀蔵の厳しい取り締まりによって泣きを見た者、死んだ者は数多《あまた》いる。

小梅の周りにも、取り締まりに戦々恐々としている者がいる。

蕎麦の代金と同じくらいの髪結い代を受け取った髪結い女が、三十日、五十日という手鎖《てじょう》の罰を受けているというのに、鳥居耀蔵は材木屋が拵えた建物を別邸にしているというのはどういうことなのか。

そんな不信や怒りを萎えさせないためにも、『笹生亭』を眼に焼き付けておこうという思いがあるのだ。

相川町の通りに出た小梅は、左側の街並みの間から海際へと延びている道に足を向けた。

海際に延びる道の両側には漁師の家や漁具を仕舞う小屋などもあり、その先に数寄屋造りの『笹生亭』があった。

道から三段の石段があり、その上に檜皮葺《ひわだぶき》の門がある。

門の左右の網代垣《あじろがき》の先は、竹の小枝で建仁寺垣《けんにんじがき》が巡らされている。

垣根の内にある建物の中は人の気配もなく、静まり返っていた。

が、建物の一番海側の屋根に立つ煙突から白い煙がゆらりと流れ出ている。

別邸の主はいなくても、下男の老爺《ろうや》が留守を預かっているものと思われた。

そんな様子を眼に留めただけで、小梅はゆっくりと踵を返して表の通りへと足を向けた。

すると行く手からやって来る饅頭笠《まんじゅうがさ》の女に気付いて、ふと足を止めた。

饅頭笠の女は、『はり』と染め抜かれた小さな幟《のぼり》を小箱を負った背に立てている。

足を止めた小梅の横を通り過ぎようとした女が、笠を少し上げて小梅の方を見るとびくりとして足を止めた。

「あんた、なにをしてるんだい」

低いが、鋭い声を発したのはお園だった。

「あんたは」

小梅が問い返すと、横を向いてお園は黙った。

「わたし、ずっとあんたを捜していたんだよ」

さらに小梅が言葉を投げかけても、お園は横顔を見せて押し黙ったままだった。

七

深川相川町の裏手は海である。

大川の河口に当たる海辺からは、川向こうに霊岸島が見え、目の前の越中島の先には人足寄せ場のある石川島が間近に見えている。

小梅とお園は浜辺に並んで海を向いていた。

「浜辺で話をしないか」

小梅が『笹生亭』の前で声を掛けると、お園は案外素直についてきた。

「わたしを捜してたって？」

お園が抑揚のない声を出した。

「小三郎に会いたいんだよ。だけど、居所も分からないから、あんたに頼むしかないと思ってね」

「あの人に、どんな用があるんです？」

お園の口からは、依然として抑揚のない声がした。

「聞きたいことがあってね」

小梅が返答すると、

「へぇ」

素っ気ない声が返ってきた。

「あんたも知ってるだろうが、今年の正月、深川の博徒『油堀の猫助』の家で、親分の猫助が子分ともども殺された騒ぎがあったろう」

「あぁ」

「殺されたその時、厠に入っていて難を逃れた子分がいたんだよ」

小梅がそう告げると、お園はゆっくりと顔を向けた。

「弥助っていうその男は親分に死なれて行き場を失って、とうとう、食い逃げをするまでになったよ。その挙句、飯屋の親父や通りがかりの者に無様に押さえつけられて、目明かしに引き渡されたんだ」

小梅が、弥助の食い逃げの顚末を聞いたのは、厩新道の目明かし、矢之助親分からだった。

材木問屋『木島屋』と近しかった『油堀の猫助』の子分だった弥助なら、小梅の捜している小三郎について知っているのではと気を利かせた同心の大森平助が、小梅を自身番に呼んでくれたのだった。

小梅はそこで、囚われの身となった弥助から、猫助と子分が無残に殺害されたあと、恐ろしくなって深川を去ったということを聞いた。

しかし、幼い時分から孤児だった弥助に行く当てはなかった。

『油堀の猫助』の一味の頃は、食うに困ることはなかったが、一人になった途端、寝る場も食う術《すべ》さえも無くしてしまい、遂に食い逃げするしかなくなった哀れな事情を聞いて、小梅は飯代を立て替え、弥助の身を預かる許しを大森から得ていた。

その後小梅は、『鬼切屋』の正之助や治郎兵衛に、弥助の行く末を託した。

すると、佐次の弟分を自任する金助が弥助を預かって、『雷避けのお札売り』の仕事を仕込んだのだ。

「わたしは何も、そんな弥助をいいように使おうなんて思ってもいなかったけど、恩義を感じてくれて、お札売りの合間に小三郎捜しの手伝いをしてくれてたんだよ」

深川を去った弥助と近しくなった顚末を小梅が明かすと、お園は小さく頷いた。

「以前、小三郎に会いたいと頼んだ時、あんたからは伝える手立てがないということだったね」

「今もだけどね」

お園が投げやりな物言いをした。

「それで弥助は、あんたが小三郎と会う折があればと、蛇骨長屋にも行ったりしてたようだよ」

「わたしの動きを見張っていたんだねっ」

いきなり鋭い声を発したお園が、小梅を睨《にら》んだ。

「弥助には仕事もあったし、いつも見張ってたわけじゃないよ。それだって、わたしが頼んだことじゃなかったんだ」

小梅は抗弁したが、

「おんなじことだろっ」

お園は厳しく断じた。

「そうだね。やめろとは言わなかったからね、わたしが言ったのは、無理はするんじゃないよぐらいだ」

呟くように口にした小梅は、沖合に停まった船から網を打つ漁師の様子に眼を向けた。

「どうして、そんな話をするんだよ」

口を開いたお園の声に、先刻までの棘は消えていた。

「弥助があんたを見張っていたのは、小三郎があんたと会った後、どこに行くのかつけるためだったそうだよ。あんたから会いたいと言えないなら、向こうから何か知らせる手立てがあるはずだって」

「ないよ」

お園は即座に、突き放したような声を発した。

「だけど、弥助はその手立てを見つけたんだ」

小梅は、お園に顔を向けて静かに口を開いた。

「分かるわけがない」

そう言うと、お園は小さな笑みを浮かべた。

「上野東叡山、山王社、藤の木」

小梅が一言一言ゆっくりと声に出すと、お園の顔が見る見る強張った。

さらに、

「山王社の境内に立つ三本の藤の木の、一番南側に立つ木の小枝に白い糸を巻くのが小三郎。それをあんたが見つけたら、すぐに巻かれた糸を外して持ち帰る」

そう小梅が続けると、お園は海の方を向いた。

そんなお園の動きを何度か見ていた弥助は、山王社の藤の木の枝に白い糸が巻かれていることを見つけ、それが一重か二重か三重かで、翌日のお園の動きが違うことにも気付いたのだ。

一重に巻かれた時の翌日の夕刻、お園は上野広小路に近い六阿弥陀《ろくあみだ》横町にある居酒屋『みろく』に入った。二重の時、その翌日、お園は針売りを昼頃に切り上げて蛇骨長屋に戻り、家に籠った。そして、三重に巻かれた糸を外した時は、翌日の昼下がり、不忍池《しのばずのいけ》の弁天堂近くの出合茶屋『白露』に入った。

「あんたの後を何度かつけて、あんたと小三郎の会い方に三つの手があることを弥助は気付いたんだ。あんたをつけてその場に小三郎が出入りするのを待ったらしいよ。だけど、来る時は姿を見せた小三郎も、用心深いのか、いつどこからどうやって出たのか、帰る姿は一度も見つけられなかったそうだ」

生前の弥助から聞いた話をすると、お園は小さくため息を洩らし、

「あんた、小三郎に会って何を聞きたいんだい。あんたの恋仲だった坂東吉太郎《ばんどうきちたろう》に近づいたわけを聞こうとでもいうのかい」

「この前まではそのことだったけど、今は、もう一つ用件が増えたよ」

静かな口ぶりで返答した小梅は、

「あんたと小三郎の逢瀬《おうせ》の時を見張っていた弥助が、十日以上も前、死んで大川の中洲に引っ掛かっていたんだ。脇腹を刺され、首筋を斬られてね」

そう続けた。

すると、海を向いていたお園が首を回し、小梅を睨みつけた。

「お役人や目明かしの話だと、傷口の様子から、刃物は匕首だろうということだった。周りを見渡しても、匕首を引き抜くような者はいないけど、一度だけわたしに匕首を向けた男がいるんだよ」

「それが小三郎だとでもいうのかい」

お園が眼を剝いて声を荒らげた。

「わたしは弥助に、小三郎を見つけても近づかないよう言っていたよ。塒《ねぐら》や出入りするところさえ分かったら、知らせておくれって。だけど、小三郎に近づいて、顔を見せたんじゃないかと思ってね。こっちは恩を売ったつもりはなかったけど、何かと世話をしたことに恩を感じて、弥助は小三郎の前に姿をさらしたんじゃないかと思えて仕方がないんだよ。だから」

小梅がそこまで口にすると、

「違うよ」

鋭い声を発して、お園は海とは逆の方に踵を返した。

「待っておくれよ」

小梅は素早くお園を追い、袖口を摑んで引き留めると、

「頼むから小三郎に会わせておくれよっ」

お園に迫った。

するとお園はいきなり自分の簪《かんざし》を引き抜いて、袖口を摑んだ小梅の手に振り下ろした。

小梅は咄嗟《とっさ》に、摑んでいたお園の袖から手を離して簪の尖《とが》りを躱《かわ》した。

「お園さん」

小梅がすぐに体を寄せると、お園の口から吐き捨てるような大声が飛び出した。

「あの人からは、なんの知らせも来なくなったんだよ。小三郎から」

町中なら一町先まで届きそうな雄叫びだったが、打ち寄せる波音に紛れてしまった。

しかも、お園が、小三郎のことを「あの人」と口にしたことに小梅の胸がふと騒いだ。

「上野の山王社に、糸の知らせもなくなった」

ぽつりと洩らしたお園は、小三郎からは、先月の末から音沙汰がなくなったと言うと、

「あんたのせいだ」

真正面から小梅を睨みつけた。

「あんたがわたしに近づくのを知って用心したんだ。それでわたしの前からも姿を消したに違いないんだっ。どうしてくれるんだいっ」

「お園さん、あんた。もしかして、小三郎に毒気を抜かれたんじゃあるまいね」

落ち着いた声で小梅が問いかけると、お園の眼がうろたえたように泳ぐ。

「あんたの方から小三郎に近づいたのは、鳥居耀蔵の傍近くに行けると思ったからじゃなかったのかい」

小梅がさらに言葉を投げかけると、お園は軽く下唇を噛んだ。

「あんたの世話をしてくれていた姉さん格の髪結いさんが、三十日の手鎖になったあと首を吊って死んだのは、奢侈禁止令を振り回しているお上や酷い取り締まりをした奉行の鳥居耀蔵の仕打ちのせいだって腹が立ったからじゃないのかい。その髪結いさんの敵《かたき》を取るんだって言ってたじゃないか。だから、『笹生亭』に出入りし

ている小三郎に近づいたんだろう⁉」

小梅の追及に、お園はすっと眼を逸らして背を向けた。

「お園さん」

「もう、どうでもいいよ」

背中を向けたお園から、投げやりな低い言葉が返ってきた。

「どうでもいいって、それはいったい」

「鳥居耀蔵を殺したからといって、小夜《さよ》姉さんは生き返らないもの」

低く静かな声に返す言葉も見つからず、小梅はただ、お園の背を睨みつける。

すると、お園は体を動かして小梅の方を向いた。

「生き返るかい？」

小梅にそう投げかけて、お園は薄笑いを浮かべた。

「だから、小三郎の女になったっていうのかい」

小梅がそう言うと、いきなりお園の平手が小梅の頬に炸裂した。

睨みつけた小梅を、お園も睨み返した。

だがすぐに、お園は砂地を蹴るようにしてその場から去って行った。

小梅の口から、細く長いため息が洩れた。

八

深川佃町の居酒屋『三春屋《みはるや》』には赤みを帯びた西日が射し込んでいる。

刻限は七つ半（六時頃）を少し過ぎた時分である。

仕事帰りの職人や担ぎ売り、寺社詣でを済ませた参拝者に交じって、これから岡場所に繰り込もうというような男たちも見受けられる。

女将の千賀《ちか》もお運びの手伝いをしている貞二郎《さだじろう》も、板場と入れ込みの板の間を先刻から忙しく動き回っていた。

「お待ちどお」

土間から板の間に上がってきた千賀が、差し向かいで飲んでいた小梅と伊十郎《いじゅうろう》の前に酢の物と二合徳利を置くと、空いた皿と徳利を盆に載せて、板場に運び去って行く。

小梅が『三春屋』に来たのは、相川町の海辺でお園と別れた後だった。

お園の変わりようが意外で、真っ直ぐ帰る気にはなれなかったのだ。

むしゃくしゃした思いを千賀にぶつけようと思って『三春屋』に来たのだが、千賀も貞二郎も客の対応に追われていて、小梅は話しかけるのを憚《はばか》ってしまった。

鯵《あじ》のなますと焼茄子を肴に冷や酒の徳利を半分ほど飲んだところに、代書屋の仕事を終えた式《しき》伊十郎が現れたのだ。

「小梅ちゃん、一緒で構わないでしょ」

千賀は返答を聞くこともせず、伊十郎を小梅の前に座らせた。

伊十郎が頼んだ一合徳利と肴が来た時、

「いちいち注ぎ合うのは面倒ですから、手酌でいきましょう」

小梅がそう持ち掛けると、

「大いに結構ですな」

笑みを見せた伊十郎から賛同が得られた。

それから半刻が経った頃には、二人で二合徳利を注文したのだが、それも先刻空にして、たった今、千賀が持ってきた二本目の二合徳利が置かれたのである。

二人が向かい合せに座った当初は、小梅は深川に出療治に来た経緯を話していた

が、酒が進むにつれて気が緩んだのか、

「式さん、以前、と言ってもええと、年明けの正月だか二月だか、ここで会った針売りの女のことを覚えておいでですかね」

小梅は、お園のことを口にした。

「あぁ、あれはたしか、二月に月が替わってすぐの頃でしたね。なんでも、材木問屋『日向屋』の主が建てた家を見てきたとかなんとか」

覚えていた伊十郎は、

「『日向屋』の持ち物が鳥居耀蔵の別邸として使われているということでしたね。そこの門柱には、家紋の鳥居笹にちなんで、『笹生亭』と記された門標が掛かっているとも聞きましたが」

そう言うと、小梅に眼を向けた。

「どうしてそんなに、よく覚えてるんですか」

小梅は、特に責めるような物言いではなく口にすると、

「今日もそこに行ったら、針売りのお園とばったり出くわしたんですよ」

「ほう」

返事をした伊十郎は、徳利を掴むと自分の盃に酒を注ぐ。

「そしたら、お園が鳥居耀蔵に向けていた恨みの切っ先を、すっかり丸くしてるんですよ」

小梅はそう明かすと、はぁとため息をついた。

「たしか、あのお園さんは、女髪結いじゃなかったかな」

「覚えてましたか」

「ええ。髪結いをしていた養い親に死なれて一人になったお園さんは、養い親の弟子だった年上の女に髪結いの手ほどきを受けたとかで」

「ええ、そうです」

小梅は、そこまで覚えていた伊十郎に、いささか感心した。

伊十郎が言うように、十三の年に一人になったお園は、養母の弟子だった三つ年上の小夜のもとで髪結いを身に付けたのだ。

そして、お園が十六になると、小夜とともに髪結いの仕事を始めた。

ところが、今から二年ほど前に天保の改革が始まり、その年の十一月には、奢侈禁止という厳重なお達しが流布されて、髪結いも禁止されたのだ。

そうなると、お園も、病がちな母親を抱えた小夜も他に手に職はなく、髪結いの道具箱を風呂敷に包み隠して、密かに廻り髪結いで糊口をしのいでいた。

外廻りをしていると、この前どこどこの女髪結いが密かに髪を結って金を受け取ったかどで目明かしに連れていかれたというような声が盛んに耳に入って来たという。

そんな折、小夜は、以前から出入りしていた旗本家に頼まれ、断り切れずに娘の髪を結ったことが知れて役人に捕まり、三十日の手鎖の刑を受けた。

手が利かない手鎖の罰は、病の母を持つ小夜の暮らしを生きにくくして苦しめた。

そして、一両日の内に手鎖が取れるという時に家を訪ねたお園は、打ちひしがれた小夜の姿に息を吞んだ。

そこで、三日前に小夜の母は死んだと聞かされた。

さらに驚いたことに、死んだ母親の新墓のある寺の木に首を吊って小夜が死んだという知らせをお園が受けたのは、小夜の手鎖が取れた翌日のことだった。

お園の怒りはその時一気に膨らんだ。

奢侈禁止令には、咎《とが》められるのは町人だけで、武士は例外とするという項目があると知ったお園の怒りの矛先は、取り締まりの先頭に立っていた南町奉行、鳥居耀蔵に向けられたのだった。

二月の初め頃、小梅がお園や伊十郎と『三春屋』で顔を合わせた時、

「敵を取りたくはないんですかっ」

という言葉をお園から向けられたことを小梅は覚えている。

小梅と恋仲だった、坂東吉太郎こと清七が、一年半前に中村座から出た火で大火事になったのには裏があるのではと、真相を知ろうとした矢先、死体となって汐留川に浮かんだのだ。

首を絞められたような痕があるものの、殺されたという明らかな痕跡はなかったが、『三春屋』の酒席で、

「わたしは、なにがあったのか、その真相を知りたいんだよ」

小梅はそう口にしたのだ。

その時、お園は、

「知るだけでいいんですか。敵を取りたくはないんですか」

強い口調で小梅をけしかけた。

すると、その場にいた伊十郎から、

「お園さん、敵を取るというのは、殺すということかね」

そんな問いかけがあって、

「出来ればそうしたいと思います」

お園は静かながら、はっきりと返答していたのだ。


「毎度ありがとう」

『三春屋』の中に千賀の大声が響き渡ると、陽気に酔った三人の男たちが、開けっぱなしの戸口から表へと出て行った。

戸口の外に見える大島川の両岸を赤くしていた西日も、大分色褪せている。

「お園は、鳥居耀蔵の屋敷や『笹生亭』の近くを怪しまれずに歩けるようにって、針売りになったんですよ。それだけじゃなく、鳥居耀蔵と近しい、材木問屋『日向屋』の勘右衛門や香具師の元締の『山徳《やまとく》』の周りで動き回っている小三郎に色仕掛けで近づいたんだ」

そう言うと、小梅は盃に残っていた酒を一気に呷った。

「それだって、鳥居耀蔵に近づくためだったんだ。その道具だった小三郎なのに、あのお園は、もう――」

その時、少し離れたところから男たちの笑い声が上がった。

「笑い事じゃありませんよ。まったく」

笑い声の上がった方をとろんとした眼で見た小梅は、空の盃を口に運んだ。

「木乃伊《ミイラ》取りが木乃伊になった譬《たと》え通りか」

伊十郎が徳利を摑むと、小梅がすかさず『注げ』とでもいうように、自分の盃を突き出した。

「手酌でなくてよいのか」

「どういうことだ」

「いや、注ぎ合うのは面倒だから、手酌にということだったので」

「小三郎に魂を抜かれちまうとは、どういうことだよ」

「あ。そっちの話か」

伊十郎が呟くと、盃を持った小梅の手を摑んで支え、徳利の酒を注ぐ。

「わたしは、そう簡単に、恨みは忘れないよ」

低く声を出すと、小梅は盃を口に運ぶ。

近くで男たちの笑い声がしたのだが、その声が、やけに大きく聞こえたかと思った途端、小梅はふわりと闇の彼方へと吸い込まれて行った。


遠くの方から鐘の音がしていた。

うつ伏せに寝ていた小梅は、「ウウ」と声を洩らして仰向けになる。

日本橋本石町《ほんこく》の時の鐘だと思うが、途中から聞こえ出したので、幾つ目の鐘かは分からない。

鐘の音が聞こえなくなってからほんの少しして、小梅は眼を開けた。

『薬師庵』の、見慣れた自分の寝間である。

昨夜は深川の『三春屋』でかなりの酒を飲んだが、なんとか帰り着いたようだ。

庭に面した障子が、朝の光に輝いて、寝間をやけに明るくしている。

その障子の際に、一組の夜具が重ねてあった。

浴衣の寝巻に包まれた体を起こして立つと、「ウウウ」と軽く伸びをした。

「起きたのかい」

隣りの居間からお寅の声がした。

「あぁ」

寝巻の身頃を直しながら返事をすると、襖を開けて居間へと入った。

その途端、

「あ」

小梅は、長火鉢を間にお寅と向かい合っている伊十郎を見て、声を洩らした。

「おはよう」

先に声を掛けたのは、長火鉢の猫板に朝餉を並べたお寅の向かいで、朝餉の箱膳を前にしている袴姿の伊十郎である。

「今、何刻だい」

小梅が突っ立ったまま尋ねると、

「日の出から半刻は過ぎた時分だよ」

箸を動かしながら、お寅が答えた。

さっき寝床で聞いたのは、五つ（六時半頃）の鐘だったようだ。

「『薬師庵』の方はどうするのさ」

「お前が寝てる間に、あたしが店開けの札は下げておいたよ」

お寅は立ったままの小梅に恩着せがましい物言いをした。

「だけど、式さんがどうしてここに」

小梅は、お寅の近くに膝を揃えてそう話を変えた。

「そりゃないだろう。酒に酔ったお前を駕籠《かご》に乗せて、ここまでついて来てくださったんじゃないかぁ。性質《たち》の悪い駕籠舁《か》きに当たったらことだからと言ってさぁ」

お寅がそう言うと、

「いや、わたしは夜道を帰るつもりでしたが、安達ヶ原の鬼女の家じゃないから安心してお泊まりとお袋様に勧められたので、お言葉に甘えました」

そう明かした伊十郎は、小梅に頭を下げた。

「もしかして、わたしの寝間に積んである布団は」

「式さんが使ったんだよ」

お寅からそんな声が返ってきた。

「じゃ、式さんはわたしの寝間で」

そこまで口にした小梅が、目を丸くして後の言葉を飲んだ。

「いや、寝たのは向こうの、ええと」

　伊十郎が言葉に詰まると、

「灸の療治場だよ。療治の客が来る前に布団は片付けて、お前の寝間に運んだんだよ」

　お寅が伊十郎の肩代わりをした。

「式さん、茶はどうです」

　お寅が気遣いをすると、

「まだありますから」

　伊十郎は、借りてきた猫のようにおどおどしている。

「朝餉は、おっ母さんが作ったのかい」

「あたしがこんな朝餉を作れるくらいなら、朝晩お前に頼りきるようなことはしないよぉ」

「じゃぁ」

　小梅は伊十郎に眼を向けた。

「いやいや、これらは昨夜、『三春屋』の女将さんが持たせてくれたもので」

伊十郎はそう言うと、小梅に頷いた。

「小梅さんは明日の朝餉の仕度は出来ないだろうからって、腐りやすい生ものは避けて、店の残りの煮物に焼き物、梅干しに胡瓜と蛸の酢の物を重箱に持たせてくれたそうだよ」

「それに、白飯も」

伊十郎が、自分の茶碗に残っていた僅かな白飯を見せると頬ばり、

「ご馳走様でした」

と、箸を置いた。

「わたしの分は、あるのかい」

「お前、食べるのかい」

お寅が素っ頓狂な声を上げた。

「腹が空いてるんだ。食べるよ」

「いや。けど、お千賀さんは、二人分しか持たせてくれなかったんだよ」

「だから、おっ母さんとわたしの分だろう」

そう口にした小梅が、

「あ」

と声に出して、伊十郎を見た。

すると、

「いや。お母上が、小梅さんはどうせ朝餉なんか口に入らぬと申されたので、某が
――馳走に相成った」

「ということは、わたしの分を食べてしまったんですねっ」

小梅の声に恨みが籠った。

「いや、お母上が、起きてもどうせ食べられないと、再三申されたので」

逃げ腰になった伊十郎は立ち上がるとすぐ、立てかけていた刀を摑み、

「ごめん」

言うや否や、急ぎ居間を出て、出入り口から表へと飛び出して行った。

「おっ母さん」

小梅が睨みつけると、お寅は、

「いや、あの浪人はお前といい仲かと思ったもんだからさ」

そう言うと、へへへと、笑い声を上げた。

「なにを言うんだい」

怒鳴り声を上げると、小梅は自分の寝間に戻った。

すると、

「お前、あの男に惚れてるのかい」

居間からお寅の声がした。

「冗談じゃない」

小梅が声を荒らげると、

「そうだよ。その方がいいよ。侍なんか融通も潰しも利かないから、亭主にすると
お前が苦労することになっちまうよっ」

隣りの居間から、お寅の小言が飛んできた。

「誰が」

そう言いかけたものの、小梅の口からあとの言葉は出なかった。

第二話　豆助騒動

一

日本橋高砂町は夏の盛りとなっていた。

『灸据所　薬師庵』の療治場に、時々風鈴の音が響いている。

療治場に出入りする障子戸は、家の出入り口の傍だからいつもはほんの少ししか開けていないが、暑さが強くなるとそんなことはしていられない。

出入り口の障子戸も庭に面した障子も全開にして風の通りを良くしていた。

風鈴は、庭の縁の軒端に下げられている。

チリンチリンと風鈴を鳴らしてくれる風は、療治場に立ち昇る艾の煙をも外に運び出してくれる。

単衣の着物に襷がけをした小梅は、薄縁に腹這って左の袖を捲り上げて白い腕を露わにしているお静《しず》の手の甲に、灸を据えている。

家で着物を縫ったり、仕立て直しをしたりする針妙《しんみょう》のお静は、仕事柄、目の疲れなどから起こる、首と肩の凝りを抱えていた。

今日も、四つ半（十時半頃）にやって来たので、小梅が療治を施していたのだ。

首のツボである『天柱』『百会《ひゃくえ》』『風池』には灸を据え終え、今は肩のツボである『肩中兪』と『肩井』に据えた後、左右の手の甲にある『合谷《ごうこく》』に据えている。

『合谷』は、首から上のすべての症状に効くと言われているツボで、左右のツボに三度ずつ据えていた。

左手のツボで艾が燃え尽きると、小梅が燃えカスを指で払い落とす。

「お静さん、終わりましたよ」

そう言うと、小梅は捲り上げていたお静の袖を下ろしてやる。

「あぁ、なんだかうとうとしてしまったよぉ」

お静は敷いた薄縁に両手を突くと、ゆっくりと上体を持ち上げて、畳の上に立つ。

そしてすぐ、少し乱れた着物の身頃を直し、開いた裾を合わせた。

「もしなんなら、向こうで湯冷ましでも飲んでいってくださいよ」

小梅が勧めると、

「あぁ、そうするよ」

お静は返事をして、細く開いている障子を大きく開けると、出入り口の土間の方へと出て行った。

小梅は、道具箱の天板に置いた香立てで煙を上げている短くなった線香を摘まむと、香立ての灰に突き刺した。

そのまま刺していれば、そのうち火は消えるのだ。

板の間に敷いていた薄縁を静かに三つに折りたたんで庭の縁に立つと、広げた薄縁を両手で持ち、二、三度打ち振る。

薄縁に落ちている艾の燃えカスや線香の灰は、これで払い落とせる。

療治場に戻った小梅は、畳んだ薄縁を脇に置き、道具箱の三段ある抽斗を引き開け、それぞれに仕舞ってある線香、艾、手拭いの過不足を確かめる。

その確認は毎回している。それが次の療治への備えなのだ。

「へぇ、本当かい」

居間の方から聞こえてきただみ声の主は、『薬師庵』の常連、お菅婆さんである。

「さてと」

独り言を口にして腰を上げた小梅は、療治場を出て土間の上がり口に出ると、居間へと足を踏み入れた。

縁側の障子を開けた居間の長火鉢の向こうには、小梅の母親のお寅が座っており、その周りにはお菅やお静、療治を終えた火消し人足の新五郎《しんごろう》とその弟分の丈太《じょうた》が、思い思いにくつろいでいた。

「小梅ちゃん、お疲れさん」

壱番組『は』組の梯子持ちの新五郎から、労《ねぎら》いの声が掛かると、

「湯冷ましにするかい」

若い丈太が、気を利かせて問いかけてきた。

「わたしがやるから、療治のお客さんは気を遣わないでくださいよ」

小梅は笑ってそう言うと、

「さっき、本当かいっていうお菅さんの声が聞こえたけど、何の話をしてたのさ」

土瓶の湯冷ましを長火鉢の猫板に伏せてあった自分の湯呑に注ぎながら尋ねた。

「丈太さんがさぁ、今、あちこちで評判になってるっていう噺家《はなしか》の話をしてたもんだからね」

お菅の口からそんな話が飛び出した。

「へぇ、なんていう噺家だろ」

小梅が呟くと、

「浮世《うきよ》亭豆助《ていまめすけ》だってさ」

お寅が返事をした。

「あ。出療治に行った先で、そんな名を聞いたことがあるよ」

そう口にした小梅は、思案するように首を捻《ひね》った。

「浮世亭豆助の名は急に広まって来たんだが、よく釈場《しゃくば》や寄席に行ってる知り合いも、そんな噺家の名は知らねぇっていうんですよ。初代の可楽《からく》の門下でもなさそうだし、三笑亭《さんしょうてい》でも古今亭《ここんてい》でもなさそうなんだ」

話の口火を切ったという丈太にしても、その噺家の詳しいことは分かっていなかった。

「なのに、江戸のあちこちで評判を取ってるっていうじゃないか」

そう言って、お寅が丈太に詰め寄ると、

「それがおかしいっていうんだよぉ。正体もよく分からない噺家が、いったいどうして評判をとるんですよぉ」

お菅は眉間に皺を寄せて異議を差しはさむ。

すると新五郎が、落ち着き払った声で話に加わった。

「この前、湯屋に行った時、杉森新道におかみさんと二人で暮らしてる海苔屋のご隠居と、湯屋の二階で碁を打ってたんだが、そんな名前の噺家の話が出たことがありましたよ。そしたら、時々湯屋の二階で見かける五十の坂を越したような二人連れが、将棋を指しながら、おれとご隠居の話に口を挟んで来ましてね」

そんなことを話し出すと、小梅もその場のみんなも新五郎に注目をした。

新五郎が言う湯屋の二階というのは、湯上がりの後のんびりとしたい客が八文（約二〇〇円）を払って上がれる場のことだった。

そこは将棋や囲碁などが置いてある社交場であり、町内の顔馴染みたちが、見聞きした面白い話を繰り広げるくつろぎの場でもあった。

「口を挟んできた一人のとっつぁんが言うには、浮世亭豆助の噺ってものは、改革を推し進めてる連中を皮肉ったりこき下ろしたりしてるそうだよ」

新五郎は、内容が内容だけに声を潜めた。

口を挟んできた二人連れから新五郎が聞いたところによれば、豆助が殊更《ことさら》強く皮肉を込めているのは、幕府が厳しく推し進める倹約令や理不尽な奢侈禁止令についてだったという。

浮世絵や芝居、草双紙などの読み物、それに着物にしろ焼き物にしろ、かつてないほどの隆盛を誇っている今、それを押さえつけようとする幕府のやり口は無謀だと、豆助は噺の中で嘲笑っているらしい。

しかもお上は、米などの収穫不足で難儀してる諸国の農村対策に『人返し令』なるものを打ち出して、江戸などの大都に出てきた農民に村に帰るよう触れを出したのだが、豆助はそのことにも冷笑を向けたという。

「つまりね、江戸という大都に出てきた農民に、ただ田舎に帰れと言っても土台無理な話だと言ってるらしいんだよ。そりゃそうだ。田舎じゃ食えないから出てきた農民が、はい分かりましたと頭を下げて帰るわけはないじゃないかと、ま、豆助は、世の流れを知らない老中たちの能天気ぶりを馬鹿にしてるそうだよ」

新五郎の話に、聞いていた者たちから微かにため息が洩れ、

「分かるよ」

思い詰めた声を洩らしたお静はさらに、

「知り合いのお店のお内儀が、娘さんに着物を誂《あつら》えようとした時、どのくらいで贅沢品だと言われるのかって、悩んでましたよ。色使いなのか、織りの具合なのか、値段なのかって。役人に見つかって、七代目団十郎が芝居の衣装に文句をつけられて江戸を追われたみたいになったらどうしようなんて」

言い終わると、大きく息を継いだ。

「あぁ、いやだいやだ。灸を据えるのも贅沢だと言われたらどうしよう小梅」

お寅が真顔で口にすると、

「そしたら、あたしなんかどうしたらいいんだい。神様を拝んで頼みごとを聞こうなんてのは、奢侈の極みだなんてことを言われたらさぁ」

お菅まで顔を強張らせた。

「知り合いの誰かが言ってましたがね、芝居や落とし噺、芸者遊びや遊郭なんぞを

なんでもかんでも禁止にしてると、そのうち、町人たちの怒りが弾けるぞって」

　丈太はくぐもった声を上げると、新五郎がさらに言葉を続けた。

「そのあおりを食って、寄席の数は減らされた挙句、神道の講釈だとか戦記物の講釈とかに限るなんていわれて、滑稽噺はしちゃならねぇってご時世だよ。そんな寄席に誰が行くもんか。だから、お上を笑い飛ばす豆助の噺をみんなが喜んでるんですよ」

「なるほどね」

　小梅は、新五郎の言葉に得心して大きく頷き、

「寄席が減ったとすれば、その『浮世亭豆助』は、どこで噺をしてるんですよ」

　重ねて尋ねた。

　すると丈太が、

「お上を馬鹿にするような噺をする豆助なんか、そもそも寄席の高座には上がれませんよ」

　声を低めて答えた。

　寄席のような決まった場所で噺をするのではなく、町の辻だったり、寺や神社で

あったり、役人の眼をかすめるかのように場所を移すのだと言って、丈太は『浮世亭豆助』の話を締めた。

二

灸の道具箱を提げた小梅が、日除けの菅笠を被って日本橋の通りを歩いていた。

真上から照り付ける日射しは、菅笠を付けた頭までも熱くしている。

『薬師庵』の居間で、『浮世亭豆助』の話で盛り上がった日の午後である。

昼餉の盛り蕎麦をお寅と二人で食べた後、高砂町の家を出た小梅は、堀江町入堀と伊勢町堀を渡って魚河岸を通り過ぎ、日本橋を渡って通四丁目へと足を向けていた。

行先は、箔屋町にある箔屋の『加賀屋』である。

今年十九になる『加賀屋』の娘のおようは、時と場所にかかわらず、頻繁に屁を放《ひ》るという悩みを抱えていた。そのため、茶や花の習い事も、好きな芝居見物にも出掛けられなくなって、一年以上も家に引き籠っていたのだ。

去年、初めて訪ねた『加賀屋』で、おようとその母親に会って話を聞いた小梅は、おようの臓腑の働きが鈍っていることと、気の病もあると診立てて、『中脘《ちゅうかん》』『天枢《てんすう》』『関元《かんげん》』『期門《きもん》』『気海《きかい》』というツボに灸を据えた。

それ以来、出療治に通い続けて、放屁の悩みは大分改善がみられ、去年は芝居見物にも行き、この二月には梅見に出掛けられるまでに気分も上向いてきていた。

『加賀屋』のおようへの療治は、四半刻（約三十分）ばかりで済んだ。

庭に面した部屋の障子を開けて風を通していたものの、臍《へそ》を中心にした腹部に灸を据え続けたら背中に汗をかいてしまったおようは、着替えのために別間に行った。

小梅は、灰などの落ちた薄縁を叩いた後、道具箱の片付けに取り掛かっていた。

庭に午後の日が射しているものの、楓川を通り抜ける川風が時々流れ込むのか、部屋の中は案外涼しい。

「お待たせしてすみませんでした」

部屋の外から声を掛けたおようが廊下の襖を開けて、白地に紺色の花柄を散らした単衣姿を現すと、その後ろから、

「お疲れさまでした」

母親のお美乃《みの》も入って来て、塗りの湯桶と白磁風の湯呑の載ったお盆を小梅の傍に置いて膝を揃えた。

「たった今通り掛かった水売りから買い求めたばかりだから、きっと冷えていますよ」

お美乃はそう言いながら湯桶を取ると、三つの湯呑に水を注ぎ、

「どうぞ」

と、小梅の膝の近くにお盆を押しやった。

「いただきます」

「小梅さんが先でしょ」

お美乃は、先に手を伸ばしたおようを窘《たしな》めた。

「いいんですよ。おようさんは汗をかきましたからね」

笑みを見せて言うと、小梅も湯呑を手にして一口飲む。

「冷えていて、おいしい」

小梅の言葉に釣られるようにして、おようもお美乃も水を口にした。

すると、近くの通りから、～枝まぁめぇ、枝まぁめぇ～と声を張り上げる女の枝豆売りの声がして、やがて遠ざかった。

「小梅さん、今年の大川の川開きの夜には、屋根船を仕立てようと思うんですよ」

湯呑を置いたお美乃の口からそんな言葉が飛び出し、

「その日はぜひとも小梅さんにも来てもらいますよ」

小梅に誘いが掛かった。

「今月の二十八日の両国の川開きですか」

「そうよ。船はもう、二月の梅見の時に行った浅草下平右衛門町の『玉井屋』さんにお願いしてあるし、船頭は是非にも佐次さんでとも頼んであるの」

おようが小梅に向かってそう言うと、笑みを浮かべた。

芝居見物にも同行し、亀戸の梅見に行く屋根船を操った佐次は、おようとお美乃からすっかり頼りにされているようだ。

「ですけど、その夜は花火も上がりますし、御親戚やお知り合いもお乗りになる船に、わたしなどがお邪魔していいのでしょうか」

小梅は困惑してお伺いを立てた。

両国から花火が打ち上げられる大川の川開きは、夏の江戸で最大の行事である。多くの人出があり、両国橋の上も川岸も人で埋まる。

陸地だけではなく、大川にも多くの船がひしめき合うのが例年のことだった。

大川に乗り入れる船は大小さまざまである。

金を惜しまぬお大尽などは、借り切った屋形船に友人知人らを招いて飲食をしたり、馴染みの芸者や幇間《ほうかん》たちの歌舞音曲を楽しんだりするから、その代金は並大抵の額ではない。

『加賀屋』が仕立てるという屋根船は屋形船よりかなり小ぶりとはいえ、人数分の食べ物や飲み物の用意もあるからただで済むというわけではない。

そんな散財をする『加賀屋』からの誘いを受けていいものかという遠慮があり、小梅はお伺いを立ててしまったのだ。

「今年の川開きには、多くは呼ばないのよ」

おようは身を乗り出して、小梅に秘密めかした物言いをし、

「わたしとおっ母さんと小梅さん、それに二人の従姉妹《いとこ》と船頭の佐次さんだけ」

肩をすくめて、ふふふと笑った。

「大勢だと、何かと気を遣うじゃありませんか。ですから、小梅さん是非」

そう言って、お美乃から誘われた小梅は、

「是非、お伺いさせていただきます」

頭を下げた。

「それでひとつ、小梅さんに頼みがあるんですけど」

「なにか」

小梅がお美乃に問うと、

「川開きの夜の屋根船に、いま、巷《ちまた》で評判の『浮世亭豆助』っていう噺家さんを呼びたいのだけど、小梅さんにその手蔓《てづる》があるかどうかを聞きたかったのですよ」

思いもよらない話が飛び出した。

「お美乃様は、落とし噺がお好きでしたか」

「ううん。寄席にも行ったことはないし、落とし噺というものも、聞いたことはないんですよ。だけど、うちとか隣りの刀剣屋さんに出入りする魚売りとか醬油屋の車曳きが、面白い面白いと言うものだから、どれほど面白いのか、この目で見られないものかと、ふと思いたったんですよ」

そう言うと、お美乃は手を口に当て、

「世間の広い小梅さんなら、芸人さんを呼ぶ手立てをお持ちかもしれないと思って」

照れたように小さく笑い声を洩らした。

「芝居の役者や踊りの方なら何人か手蔓はあるんですが、生憎、噺家の知り合いはおりません」

小梅は断りの言葉を並べたが、

「でも、わたしの知り合いの誰かが、噺家や講釈師の方に伝手《つて》があるかもしれませんので、少しお待ちいただけませんか」

「分かりました」

お美乃が笑顔で頷くと、小梅は小さく頭を下げた。

『加賀屋』を後にした小梅は『薬師庵』へ帰るべく、楓川の西岸を江戸橋へと足を向けている。

江戸橋広小路の翁稲荷に差し掛かったところに人だかりがあり、その中心に立っ

た男が刷り物をかざして、

「評判の噺家『浮世亭豆助』がまたまた出ましたよ」

　と声を張り上げていた。

　男がかざしている刷り物は読売と思われる。

「どこに現れたかというと、そこはなんと、小伝馬町の牢屋敷裏の神田堀というから面白いじゃないか。目下、お上から睨まれている豆助旦那が、こともあろうに罪人が牢に入れられている牢屋敷の近くで、改革の愚かさを笑い飛ばしたというんだから溜飲が下がるじゃねぇか」

　読売の声に引き寄せられた小梅は、人垣の後ろで爪先立った。

「夜の神田堀に浮かべた猪牙船《ちょきぶね》に、二本の竹竿を立てて提灯《ちょうちん》を吊るし、その間に置いた座布団に膝を正した豆助師匠の噺を、客は堀の土手を桟敷《さじき》にして聞いたというから偉いよ。ところが、その夜の噺が佳境に入った時、御用提灯を手にした奉行所の捕り手、役人の一団が豆助召し捕りに現れた。果たして豆助はどうなったか、その顚末はここに書いてあるから、知りたいとお思いの方は四枚刷りで二十五文（六二五円）だ」

読売の声に、

「買った！」

大声を発した小梅は、道具箱の抽斗から銭を摘まんだ。

三

縁側の障子を開け放した療治場から見える坪庭に日射しはないが、赤みを帯びた西日に染まっている。

この日の仕事を終えた小梅とお寅は、片付けを済ませるとすぐ、縁側近くで膝を突き合わせた。

小梅が、『加賀屋』からの帰りに買った読売を読んで聞かせ、お寅はそれに耳を傾けていた。

「お上の政《まつりごと》に異を唱える噺を面白おかしく語っていたところ、無粋にも、奉行所の捕り手や役人が大挙して押しかけた。すると浮世亭豆助は律義にも中断を伝えると、見物の衆からは、『気にするな』『早く逃げろ』との声が掛かり、豆助は提灯の火を消して下ろすと、竹竿の一本を堀に突き立て、猪牙船を押した」

「ほう、提灯の竹竿を猪牙船の棹《さお》にねぇ」

お寅が、小梅の朗読を聞いて唸るような声を洩らした。

「『また噺を頼むぜ』『逃げきれよ』との励ましを受けた豆助師は牢屋敷裏の堀を離れ、浜町堀の方へと消えて行った。それを見て、役人捕り手は後を追ったものの、その後、空の猪牙船が高砂橋の袂に残されているのを見つけただけであったと、そう書いてあるよ」

「お前、高砂橋って言ったら、すぐそこじゃないか」

お寅は興奮した面持ちで表の方を指さした。

「うちの前を通って、どこかに逃げて行ったのかもしれないよ」

読売を畳みながら小梅が口にすると、

「うちに寄ってくれりゃ、茶の一杯も出し、灸のひとつも据えてやったのにさぁ」

そう言って、お寅は無念そうに「はぁ」と息を吐いた。

軒端の風鈴がチリンと鳴るとすぐ、出入り口の戸が開いて、

「ごめんなさい、佐次ですが」

聞きなれた声がした。

「はぁい」

小梅が返事をして立ち上がると、腰を上げたお寅共々、療治場を出る。

「こりゃ、仕事中でしたか」

土間に入ってきた佐次が気遣いを見せると、

「なんの。仕事は済んで、これから夕餉の仕度に取り掛かるところよ」

小梅が答えた。

「忙しい時に来てしまいましたね」

「いいんだよ。夕餉の支度をするのはどうせ小梅なんだから。佐次さん、お上がりよ」

お寅は障子の開いている居間を指し示した。

「それじゃ、一寸《ちょっと》」

佐次は土間を上がり、小梅とお寅に続いて居間に入るなり、

「いえね、金助の野郎から、小梅さんがおれに話があるらしいと聞いたもんだから」

そう言うと、長火鉢の前に膝を揃えた。

「あぁ。今日の昼過ぎ、雷避けのお札を売ってた金助さんに会ったもんだから、言付けを頼んだんですよ」

小梅は、お寅が座った近くに膝を揃え、

「だけど、金助さんには、なにも今日じゃなくてもいいからって言ったのに」

「えぇ、そうは聞いてたが、元大坂町の治郎兵衛さんの所に行く用があったからね」

そう言って、佐次は『気にするな』とでも言うように、片手を左右に打ち振った。

元大坂町というのは『薬師庵』からも近い、治郎兵衛が一人住まいしている長屋のある町だった。

「今日『加賀屋』さんに行ったら、両国の川開きに船を仕立てるからって、誘われたもんだからね」

「お前、川開きの船に乗るのかい」

お寅が恨めしげな声を上げた。

「迷ったんだけど、『加賀屋』さんの話だと、屋根船の船頭は佐次さんに頼むとお言いだから、聞いてみようかと思っただけなんですよ」

「そのことなら『玉井屋』の女将さんから、確かに言いつかってるよ」

佐次は、笑みを浮かべてうんうんと頷いた。

「湯冷ましだけど」

お寅が、土瓶の湯冷ましを注いだ湯呑をひとつ、佐次の前に置く。

「ありがとうございます」

軽く頭を下げた佐次は、湯呑を手にして一口飲んだ。

「来てもらったついでに、佐次さんに聞いてみようかな」

「なんです?」

佐次は、湯呑を長火鉢の縁に置くと、小梅に顔を向けた。

「今日、『加賀屋』のお美乃さんに、巷で噂になってる『浮世亭豆助』を川開きの船に呼ぶ手蔓がないかと聞かれたもんだから」

「佐次さんが、なんであの豆助と知り合いだと思うんだよ」

呆れたように声を出したのは、お寅だった。

「船宿のお客の中にはお店の旦那衆もおいでじゃないか。そんな時、幇間や噺家を呼んで座敷や船の中を賑やかにするって聞いたことがあるもんだから、もしかして佐次さんにそんな伝手がないかなとね」

小梅が尋ねた仔細を明かすと、

「その噺家の噂は、柳橋の界隈でも広がってるようですよ。半月くらい前、品川の船宿から出た屋形船の客の中にその『浮世亭豆助』が紛れ込んでいたらしく、沖合に碇《いかり》を下ろして、一席ぶったという噂も飛び交ってるんだ」

佐次からも豆助の話が飛び出した。

「ふぅん、神出鬼没っていうのは本当らしいね」

お寅が、感心したような声を洩らすと、

「それじゃ、わたしはここで」

「あ、引き留めてすみませんでした」

小梅が声を掛けると、

「どうかここで」

佐次は見送りを断って居間を出ると、土間の履物を履いて、表へと出て行った。

「さて、そろそろ晩の仕度でもするか」

「ふぅん。お前、『加賀屋』さんから船に誘われてるのかい」

お寅の「ふぅん」という意味ありげな声の響きに、腰を上げかけた小梅は、その場に座り直す。

「もしなんなら、おっ母さんも一緒に『加賀屋』の納涼船に乗らないかい」

「あたしは、呼ばれてなんかいないしさぁ」

小梅の誘いが意外だったのか、お寅は戸惑いの笑みを浮かべた。

「屋根船には七、八人は乗れるし、おっ母さん一人ぐらいなんとでもなるはずだから、わたしが頼んでやるよ」

「そうかい。両国の花火を川岸から見たことはあるけど、川に浮かべた屋根船から見られるというのは、どういう気分だろうねぇ」

お寅は、何かを思い浮かべるように、虚空に目を凝らす。

「わたしだって、川開きの夜の船に乗るのは初めてだよ。聞いた話だと、花火が打ち上がる前から両国橋も岸辺も混み合うから、今年も川に落ちる連中が多いだろうね。だけどおっ母さん、『加賀屋』さんの屋根船からなら、人に押されて落ちる心配はないよ」

「そりゃそうだ」

お寅が口を挟んで、大きく頷いた。

「ただ、その夜は沢山の船が出るから、川の中は混み合うよ。波も立つから、船は揺れて、船酔いをするかもしれないね」

「船酔いっていうのは、どういうもんだい。酒なら酔ったことはあるけどさ」

お寅が訝しげな顔付になった。

「頭がぼんやりしたり、気持ち悪くなったりするんだよ。立ち上がったりすると、川に落ちることもあるけど、その夜は人も船もいっぱいいるから、どこかの船の男衆が引き上げて助けてくれるさ。ただ、心配なのは、船には厠がないことなんだ」

「えっ――！」

お寅が息を呑んだ。

「ないんだよ」

「それじゃお前、船の上で催したらどうするんだい」

そう問いかけたお寅の顔つきが、俄《にわか》に真剣味を帯びた。

「そうだねぇ、一刻（約二時間）か一刻半（約三時間）、我慢するしかないだろうねえ」

小梅が答えると、天井を見上げたお寅が、軽く「うぅん」と唸り声を洩らすや、

「小梅」

と声を掛けて、

「こうやって、一刻も二刻も真上に上がる花火を見上げっ放しだと、結構、首が凝りそうだ。あたしは、首を痛めるのは嫌だから、『加賀屋』さんの船に乗るのはご遠慮申しあげるよ」

穏やかな声でそう告げた。

四

このところ好天が続いていたが、今日は朝から雲が厚い。

灰色がかった雲だが、雨が降り出すような気配はない。

そんな昼過ぎの神田多町《たちょう》の通りを、袴を穿いていない小梅がゆっくりと神田佐柄《さえ》木《き》町へと向かっている。

『加賀屋』に出療治に行った日の翌日である。

この日は、時々やって来る常連の客と、初めて『薬師庵』に来たという二人の客の療治を済ませ、お寅と二人で昼餉を摂った後、

「吉松さんに話があるから、『文敬堂』に行って来る」

そう告げて、小梅は『薬師庵』を後にしたのだ。

吉松というのは、佐次の弟分だが、『鬼切屋』が二代目で看板を下ろした後は、小網町二丁目で所帯を持っている姉さんの家近くの長屋に住み、正之助や治郎兵衛の家にも出入りしていた。

小梅と同い年の吉松は、名所案内図や見立て番付などを刷る、神田佐柄木町の『文敬堂』という版元に出入りして、読売を売るのを生業にしている。

「こんにちは」

『文敬堂』の土間に立って小梅が声を掛けると、

「おう、小梅さんか」

板の間で板木を片付けていた顔見知りの職人から声が掛かり、

「吉松なら奥にいるよ」

とも知らされた。

すると、

「源吉《げんきち》さんの口から小梅さんの名が聞こえましたよ」

そう言いながら暖簾を分けて板の間に出てきた吉松が、板木を扱っていた職人の方を顔で示したあと、

「なんか用か」

土間近くに立ったまま小梅に尋ねた。

「近頃、あちこちの読売にも載って世間を騒がせてる『浮世亭豆助』のことを知りたいんだけどね」

小梅が答えると、

「おぉ、『浮世亭豆助』のなにをだい」

そう言いながら吉松が板の間に胡坐《あぐら》をかき、小梅は框《かまち》に腰を掛けた。

「『浮世亭豆助』って噺家がどこの何者なのか、どうも誰も知らないようなんだよ。師匠が誰とも分からないしね」

「それを知ってどうするんだよ」

吉松が難しい顔をして尋ねる。

「だって、お上の今のやり口をあれこれ取り上げて笑い飛ばしてるっていうから、どういう人だろうと思ってさ」

小梅はそう言うと、別の読売には、小伝馬町の牢屋敷裏で噺をした豆助が、役人や捕り手から逃げおおせた一件が載っていたから、『文敬堂』でも『浮世亭豆助』の動静には眼を向けているのではないかとも述べ、

「どこで噺をするのか、事前に分かる手はないもんかねぇ」

とも、問いかけた。

「ちょっと待てよ」

そう言って腰を上げた吉松は、板の間の壁際に設《しつら》えられた腰の高さほどの棚に行くと、積まれていた刷り物を幾つか手にして戻り、小梅の前に並べた。

その三つの刷り物は、読売だった。

「これはね、うちの他に、以前、堀江町の金枝堂《きんしどう》、京橋水谷町の虎渓堂《こけいどう》が辻売りをした四枚綴りの読売なんだが、うちが出した読売もほかのふたつの読売も四枚目の隅に、四角で囲った『告知』があるだろう」

そう言うと、吉松は『文敬堂』をはじめ、金枝堂や虎渓堂の紙面の隅に、□の形で囲った中に『告知』と刷られている箇所を指した。

『告知』とある□の中には、日時と場所を示す地名らしき文字があって、文末には『豆噺』と記された判じ物のような文字があった。

すると、

「あんまり妙だから、吉松やうちの若い衆を何人か金枝堂さんや虎渓堂さん以外の版元にも走らせてみたんだよ」

板木を積み重ねていた源吉が口を利いた。

しかし、『文敬堂』や金枝堂や虎渓堂以外の版元は『告知』を掲載した覚えはあるものの、その読売は残っておらず、豆助が噺をした場所の記憶もなかった。

さらに、『告知』を載せたことがあるという版元の記憶と、豆助の噺が行われたという町の噂をひき合わせると、この二月《ふたつき》の間に『浮世亭豆助』が町中で噺をしたのは、今のところ江戸府内の十五か所くらいだということが分かったという。

「それで、うちのと金枝堂さん虎渓堂さんの読売を突き合わせてみると、噺をしたという十五か所のうちの三か所が、ここに載ってたんだよ」

そう言って吉松が三つの読売の『告知』のところを指した。

そのひとつには『五月五日　浅草三好町御厩《おんまや》河岸之渡六つ半　豆蔵』とあり、もう一つには『五月十一日六つ半　牢屋敷裏神田堀　豆蔵』、さらに『文敬堂』の読売には、『四月二十二日八つ半　芝浜鹿島社　豆蔵』とあった。

「これは例の『浮世亭豆助』が話をしたって場所なんだね」

小梅が気負い込んで尋ねると、吉松は「あぁ」と声に出して頷き、

「初手はどうだったか知らないが、いつ頃からか、『浮世亭豆助』は贔屓の連中に分かるように、前もって知らせるようにしてるようだ」

と、推測を口にした。

「『文敬堂』に『告知』を載せた時は、豆助本人が頼みに来たんだろうか」

小梅が声を低めて尋ねると、

「いやぁ、どこでどう足が付くか分からねぇから、そんな危ない橋は渡らねぇよ。きっと、誰かに頼んで版元に行かせてるんだよ」

「吉松の言う通りだな、小梅さん。うちでもそうだったが、他の版元も、『告知』の掲載を頼みに来たのは、その都度違っていたそうだ」

板木を積み重ねながら、源吉は確信に満ちた物言いをした。

「分かりました」

そう言うと、小梅は大きく頷いた。

「源吉さん、いろいろありがとう。吉松さんもありがとう」

礼を言って表に出かかった小梅は、

「次にどこかの読売に豆助の告知が載ったら、教えてくれないか」

吉松に頼み込んで、『文敬堂』を後にした。


『文敬堂』を出た小梅が、神田多町の辻を左に曲がって、日本橋に通じる大通りの辻に出ると、

「小梅じゃねぇか」

日本橋の方に向かった小梅の背後から、聞きなれた男の声がした。

足を止めて振り向くと、声の主である幼馴染みの栄吉が小梅の前で立ち止まり、すぐ後ろから来た同心の大森平助と、栄吉が下っ引きを務める目明かしの矢之助も足を止めて「ふう」と息を吐いた。

「何ごとですか」

小梅が、汗をかいた三人に尋ねると、

「神田明神門前の甘酒屋の二階に、噺家が客を集めてるという届け出があったもんだから、駆けつけた帰りだよ」

矢之助の声に、

「それってあの」

小梅が咄嗟に問いかける。

「今、江戸の諸方を騒がせてる『浮世亭豆助』じゃないかという者が居て、役人捕り手目明かしなど二十人ばかりで駆けつけたんだよ」

そう言って大森が額の汗を拭った。

「そしたら、まったくの別人でね」

栄吉が神妙な面持ちで答えた。

「金原亭右橋《きんげんていうきょう》という、二つ目の噺家だったんだが、その噺家も甘酒屋も、『浮世亭豆助』の人気にあやかろうと、『浮世亭右橋』なんて名乗って客を集めてやがったそうだ」

「そうでしたか」

小梅は、大森の話に大きく頷いた。

「大森様、道端じゃなんです。そこの自身番に入って、汗でも拭きませんか」

矢之助に勧められた大森が頷くと、

「先におれが」

栄吉はそう言うと、五、六間（約一〇メートル）先にある自身番へと駆け出して行った。

「よかったら、小梅さんもどうだい」

「はい。少しお聞きしたいこともありますし」

小梅は大森の誘いに応じると、矢之助の後ろについて自身番へと足を向けた。

自身番の上がり框に腰掛けて、開いた障子の向こうに膝を揃えている老爺と話していた栄吉が、

「町役さんが一人だけだそうです」

大森たちにそう告げると、

「どうぞ、お入りくださいまし」

お店の隠居らしい年の行った町役人が声を掛け、奥へと去った。

大森、矢之助に続いて、小梅は自身番の三畳の間に入ったが、下っ引きの栄吉は外の上がり框に腰掛けた。

「おれに聞きたいことがあるということだが」

腰を落ち着けるとすぐ、大森から小梅に声が掛かった。

「これは矢之助親分にも伺いたいことなんですが、その『浮世亭豆助』というのは、本物の噺家なんでしょうか」

「というと？」

大森が、小梅の問いかけにそんな声を向けた。

「身の周りの人や、うちに療治に来る人に聞いても、『浮世亭豆助』という噺家の名は今まで聞いたことがないということでして」

「だがね小梅さん、その噺を聞いたという者によると、口跡もよく、芝居っけたっぷりで聞かせる腕も、ただの素人とは思えないということだったがね」

矢之助からは、思いがけない評価が語られた。すると大森も頷いて、

「おれが人伝《ひとづて》に聞いた話によると、噺に登場する老中は天野忠元《あまのただもと》で、北町奉行なら

ぬ東町奉行は近山金五郎《ちかやまきんごろう》というから、北町奉行だった遠山金四郎様のことだろうし、西町奉行の矢田部貞守《やたべさだもり》というのは、小梅さんもよく知ってる式伊十郎殿が、かつて仕えた南町奉行の矢部定謙《やべさだのり》様のことだろう。その北町の遠山様が、芝居などの娯楽を取り締まろうとした鳥飼孝蔵《とりかいこうぞう》こと鳥居耀蔵様に異を唱えたことで、罷免《ひめん》の憂き目に遭ったと噺にしていることから、幕府の内情にも少しは通じているのではないかと思えなくもないのだよ」

そう話した口の端が微かに動いた。

「そんな噺を『浮世亭豆助』が語ると、聞きに来ていた連中からはやんやの喝采が飛んだり、ご老中や鳥居耀蔵様への悪口も飛び交ったりしたそうです」

栄吉まで口を挟むと、

「世の中が息苦しくなったり、身を縮めなきゃならなくなったりしてるのは老中や南町奉行らの取り締まりのせいだってことを、大方の町人は知っているんですよきっと。だから、『浮世亭豆助』の噺が受けてるんです」

珍しく熱く語った。

「まぁ、取り締まれと言われればどこにでも出張りはするが、腹の中じゃ、豆助にうまくやれと言いたいくらいだがね」

そう言うと、「これは口外無用」と念を押して、大森はにやりと頬を撫でた。

五

深川の大島川に架かる蓬萊《ほうらい》橋界隈は、だいぶ翳《かげ》っている。

日が沈んで四半刻（約三十分）も経った居酒屋『三春屋』の中は、天井から吊るされた四方の明かりが、心もとない光を放っていた。

午後の昼休みの後、八つ半（三時半頃）時分に店を開けたというが、入れ込みの板の間で夕餉を摂る小梅の他には、お遍路の装束を身に付けた中年の男女が一組いるだけである。

神田佐柄木町の『文敬堂』に行った帰り、同心の大森たちと会って話をした日の二日後である。

この日、ほどなく六つ（七時半頃）になるという時分に、小梅は『三春屋』に足を踏み入れたのだ。

「今時分何事だい。そんな装りして、珍しい」

道具箱も持たず、単衣の着物に草履を履いた装りで店に入るなり、女将の千賀からそんな声が掛かった。

その時、小梅は声を低めて、

「今、世間を騒がせてる『浮世亭豆助』の噺を聞きに来たんですよ」

千賀に告げたのだ。

今日の昼前、『文敬堂』に出入りする吉松が『薬師庵』にやって来て、版元の虎渓堂が二日前に売った読売の四枚目の片隅に、例の『告知』が載っていたと小梅に報せたのである。

その『告知』には、『五月二十二日六つ半　深川寺町恵然寺　豆噺』という文面があった。

「二十二日っていったら、今日じゃないか」

小梅が声を張り上げると、

「読売を出す版元はいくつもあるし、なかなか見つけにくいんだよ」

吉松のその言い分は尤《もっと》もだった。

小梅は吉松を帰すとすぐ、お寅に、この日の夕刻、『浮世亭豆助』の噺を聞きに深川に行くと打ち明けて、その許しを得て来ていたのである。

そんな経緯を千賀に明かした小梅は、『三春屋』で夕餉を摂ってからその場に向かいたいのだとも伝えていた。

「ごちそうさま」

小梅が食べ終わって膳に箸を置いたのは、六つの鐘が鳴ってから四半刻ばかりが過ぎた時分だった。

「行くのかい」

板場から土瓶を提げてやって来た千賀が、土間の草履に足の指を通した小梅の傍に立った。

「夕餉のお代は」

「賄いみたいなもんだから、今日は取らないよ」

「それじゃ、お言葉に甘えます」

小梅は軽く会釈すると、開け放された戸口から日暮れた表へ出た。

恵然寺のある深川寺町は、居酒屋『三春屋』からなら四半刻ばかりで行きつける所にある。

蓬萊橋を渡って、永代寺門前町を東西に走る馬場通を左へ進んだ小梅は、一ノ鳥居の手前で川の左岸へ折れると、ひたすら川岸を進む。

行く手に架かる黒江橋を渡るとすぐ、油堀に架かる富岡橋がある。

このあたりの道に小梅が迷うことはない。

油堀河岸に沿って、かつては材木問屋『木島屋』や博徒の『油堀の猫助』の家があったのだが、主たちが無残な死に方をした二軒の家は、遠目に見ても明かりはなく暗い。

いずれ更地になって、新たに家が建つのかもしれない。

小梅が暗くなった富岡橋を渡ると、左へ緩やかな弧状になった深川寺町の通りがあった。

その道の東側はすべて、十ばかりの寺院である。

北の仙台堀から南の油堀、永代寺裏の十五間川などに通り抜けられる寺町の通りは、昼間、人の往来は多いのだが、逢魔《おうま》が時《とき》と言われる時分になると、人影がぱたりとなくなると聞いていた。

その通りに、今、ぽつりぽつりとだが人の足音があった。

小梅の行く手には、着流しの若い男が二人並んでおり、背後からは杖を突いた老爺が草履の音をさせて来る。

仙台堀に架かる小橋が見える辺りにまで歩を進めた小梅は、先を行く着流しの男二人が、右手にある寺の山門の細く開いた扉をすり抜けるようにして門内に入り込むのを眼にした。

小梅が門前で足を止めて、門に掛かった板に書かれた寺号を確かめようとすると、

「ここは、恵然寺さんですよ」

後から来た老爺がそう声を掛け、扉をすり抜けて門内に消えた。

小梅は、老爺に倣《なら》って扉をすり抜けて境内に足を踏み入れる。

広い境内の両側には高木も立ち、隣りの寺院の堂宇の壁や屋根が迫っていて、薄暗い。だが、正面に見える本堂の裏手の方からは仄《ほの》かな明かりが届いている。

その明かりを頼りに本堂の裏手に回ると、お堂の先には植栽された庭園があり、横に長い池の向こう岸には座布団の置かれた茣蓙《ござ》が敷かれていて、それが高座だと

思われる。その高座の左右と背後には白い幕が張られている。

高座の横に立てられた一本の竹竿には、『角力』という文字の書かれた、借りものらしい箱提灯が下がっていた。

暗さに慣れた眼で見回した小梅は、本堂の回廊から庭に下りる二つの階《きざはし》に見物人が固まっているのに気付いた。

見物人たちと高座の間には池が横たわっている。

小梅が、階のひとつに隙間を見つけて腰掛けるとすぐ、出囃子《でばやし》の音曲もなく白幕の向こうから出てきた年の頃、三十ほどと思しき男が、揉み手をしながら高座に着いた。

「よっ浮世亭、待ってました」

「よっ豆助」

周囲を憚《はばか》るような小声が二、三上がると、銀鼠《ぎんねず》の着物に絽《ろ》の羽織姿の浮世亭豆助は、町人髷《まげ》の頭を見物に向かって深々と下げた。

「なんとも心地のいい夏の宵でございますな」

浮世亭豆助は開口一番、そう切り出した。

「この寺の脇を流れる仙台堀の水は、ほんの少し先で大川に流れ込むことになっておりますことは、今宵お越しの方々はようく御存じのことですが、その大川を遡りますとあと何日かすれば大賑わいとなります両国橋がございますよ。毎年恒例の川開きが二十八日。夜に打ち上げられる花火を観ようてんで、明るいうちから両国界隈は人であふれかえるのでございますよ。しかし、なんだって川開きというのかね。え？　川は開くもんかい。誰か、どこかで川を堰止《せきと》めてるっていうんなら扉を開くのも分かるが、なんで川開きなんでしょうねぇ。みんな開くのが好きだねぇ。正月は鏡開きがあって、餅を開くらしい。六月になりゃ、富士の山開きに氷室開きもあるよ。七月になりゃ地獄の釜が開く盂蘭盆会《うらぼんえ》だ。築地の南小田原町なんか、一年中鯵《あじ》の開きが天日に干してあるくらいだ。それにしても、この両国の花火が始まったのが今を遡ること百年以上前の享保年間というから驚くじゃありませんか。しかも、両国で花火でも打ち上げたらどうかなんて言い出したのが、なんと徳川家八代将軍、吉宗公だ。その時分には飢饉や疫病で多くの死人が出たり難儀したりする者がいたもんだから、供養と厄除けをかねての花火だったそうですな。こういう、民百姓の安寧を思う将軍もいれば、時の将軍を差し置いて、誰とは申しませんが、町人が困るようなお触れを出したがる老中や町方がはびこるのも困りもんでして」

そんな枕から始まった豆助の噺は、前の将軍の側近を次々に追い払って改革を推し進めた老中の天野忠元に対し、爛熟《らんじゅく》したご時世に、倹約令や娯楽の禁止などは庶民の反発を招くばかりと異を唱える東町奉行、近山金五郎や西町奉行、矢田部貞守らが登場する。

「天保十二年十一月、鳥飼が進言した芝居小屋の廃止を進めようとした天野に、ご老中それはおやめなさいまし、それでは町人の恨みを買いますと近山金五郎が待ったをかけた。それには天野も根負けして、芝居小屋潰しはやめた。ところが、それを根に持ったようで、今年になって近山金五郎は東町奉行を外されて大目付に鞍替えとなったんでございます。町奉行から大目付ですから、出世と言えば出世ですが、ま、天野と鳥飼の意趣返しに遭って、閑職に追いやられたってことでございますよ」

そう語った豆助は、天野と鳥飼には邪魔者がもう一人いたと続けた。

それは、西町奉行の矢田部貞守だと豆助は言う。

すると、鳥飼孝蔵は目の上のたん瘤《こぶ》ともいうべき矢田部に姦計を弄し、職務怠慢や、ありもしない不正を言い立てて罷免としたのだと決めつけた。

自らへの疑惑に抗弁したものの、聞き届けられることのなかった矢田部は、昨年三月に伊勢国桑名藩に預けられると、絶望のうちに食を絶ち、同年七月に飢えて死んだと語ったところで、見物の衆から怒りのため息が洩れた。

さらに、追い出した矢田部の後を奪うように西町奉行になった鳥飼が天野の忠犬となり、囮《おとり》を使った策謀を弄して苛酷な取り締まりをする様子が語られると、「水野はひどい」「許せない」「鳥居耀蔵は鬼だ」「蝮《まむし》だ」などという声が見物から噴き上がった。

すると、

「へへへ、どこからか聞き覚えのない名が聞こえましたが、壁に耳あり障子に目ありと申しますから、どうかご一同、聞いたことのない名は口になさいませんよう」

そう言って注意を喚起したが、見物のほとんどが、天野が水野忠邦で鳥飼が鳥居耀蔵だということはとっくに承知している上での物言いだと思われた。

その時、本堂の正面の方から、砂利を踏む音や怒号のような音が聞こえた。

するとすぐ、

「役人だ」

切迫した声が轟《とどろ》くと、見物の者たちは立ち上がった。

高座に居た豆助が竹竿を倒して提灯の火を消すと、池の周辺は闇となった。

そこへ、幾つもの御用提灯を先頭に、多くの人の影が駆けつけて来ると、見物の衆が右往左往して、騒然となっていく。

「見物人は放っておけ。ひっ捕らえるのは『浮世亭豆助』だ」

乱入してきた役人たちからそんな声が上がったが、混乱はさらに激化する。

小梅は、右往左往する人の間を縫って表の方へと向かいかけたが、右の手首を強く摑まれて、暗がりの深い池の背後へと引っ張られた。

「あの」

小梅は声を出したが、手首を摑んだ編み笠の侍は、ものも言わず境内の奥の方へと急ぐ。

「逃がすな、捜せ」

本堂の周辺から届いていた怒号や喧騒は、編み笠の侍に導かれて行くにつれ、遠のいたような気がする。

　すると、星明かりを浴びた白壁の塀の際に植栽が見えた。

　編み笠の侍は摑んでいた小梅の手首を離すと、塀をくりぬいて設えられた潜り戸の前に立ち、門扉と塀の柱に渡してあった閂《かんぬき》を動かして、潜り戸を静かに開く。

「出られよ」

　くぐもった声に従って戸を潜り抜けると、すぐに侍も後に続いて出て来て、静かに門扉を閉めた。

　恵然寺の裏口の外は、僅かに陸地があるものの、その先は仙台堀に続く入堀になっているのが夜目にも見て取れた。

　土地の際には一艘の猪牙船から延びた縄が陸地の杭に舫《もや》われていて、腰を落とした編み笠の侍が、その舫いを解くと、

「先にお乗り」

　船の縁を摑んで引き寄せて、小梅を促した。

　裁着袴にしなかったことをほんの少し悔いたものの、小梅は足を開いて裾を緩め、縁を跨《また》いで船に乗り移った。

　すぐに侍も乗り込むと、備え付けの棹を摑んで艫《とも》に立ち、陸地を押して仙台堀の

方へ舳先《へさき》を向けた。

その時、入堀の橋から常夜灯の明かりが届いて、棹を操る侍の顔を浮かび上がらせた。

「あぁ、やっぱりあなたでしたか」

編み笠の下に見えた式伊十郎の顔に、小梅はそう声を掛けた。

「声の響きに、聞き覚えがあったものですから」

「わたしも、名乗り合うより、逃げるのが先でしたから失敬しました」

伊十郎はそう言いながら棹を操って小橋を潜ると、仙台堀を左に折れ、大川の方に舳先を向けた。

六

伊十郎が棹を操る猪牙船はゆっくりと仙台堀を進む。

船の真ん中に横座りした小梅は、まるで船遊びを楽しむかのように辺りの光景を見遣っている。

船の行く手に架かる海辺橋を何人かの人影が駆け抜けると、それを追うように御用提灯を掲げた捕り手と役人が四、五人、海辺橋通の方へと追って行った。

「役人どもは、豆助を捜し回ってるようだね」

伊十郎がそう口にした時、仙台堀の左側の土手道を、坊主頭の座頭《ざとう》が背に袋を負い、片手で杖を突いて笛を鳴らしながら海辺橋へと向かっている姿が見えた。

笛を吹いているところを見ると、按摩《あんま》であろう。

その按摩の行く手に、海辺橋を渡って行った捕り手たちとは別の役人たちが現れ、座頭の脇をかすめるようにして入堀の方へと駆け去った。

「その辺りで船を着けるよ」

棹を操る伊十郎がそう言うと、海辺橋の下を潜った先の河岸に船が横付けされた。

「先に下りなさい」

川に棹を差して船が動かないようにした伊十郎に言われるまま、小梅は河岸へと移る。

続いて船を下りた伊十郎は、川底に突き立てた棹に船の綱を結わえ付けると、

「わたしの長屋がすぐそこですが、一寸、寄っていきませんか」

小梅に声を掛けた。

思いもしない誘いに戸惑っていると、

「小梅さんに会わせたい男がいるんですがね」

伊十郎は笑みを浮かべた。

仙台堀の河岸で船を下りた小梅は、伊十郎の誘いに応じて、その長屋に向かっている。

伊十郎の住む長屋が深川万年町にあるということは、以前、居酒屋『三春屋』で聞いたことがあった。

船を下りた河岸から真っ直ぐ南に入り込んだ先が万年町二丁目と知って、小梅は目を丸くした。

『浮世亭豆助』が噺をした恵然寺のある深川寺町の通りと境を接しているのだ。

伊十郎の住む『相生店《あいおいだな》』の木戸を潜り、棟割長屋がふたつ向き合っている路地を奥へ進むと、家の中の明かりが障子に映っている戸口で伊十郎が足を止めた。

「明かりを消さずに家を出たんですか」

思わず小梅が口にすると、

「ま、中へどうぞ」

笑って答えた伊十郎は、小梅を先に土間に入れてから、その後に続いた。

明かりのともる行灯の近くで、小さな長火鉢に顔を突っ込むようにして唇を尖らせ、火を熾している坊主頭の横顔があった。

「やぁ、たった今着いたところですよ」

坊主頭の男が、土間の小梅と伊十郎に笑みを向けた。

男は、白っぽい着物の上から絽のような墨色の布を纏《まと》っていて、その近くには布袋が置かれていた。

先刻、船の上から眼にした按摩の装りによく似ている。

「ま、お上がりなさい」

声を掛けて土間を上がった伊十郎に続いて、小梅も板の間に上がる。

そして、火鉢の炭に息を吹きかける坊主頭の男の近くに膝を揃えた。

「お、点いたね」

呟いた坊主頭は、傍に置いていた鉄瓶を火鉢の五徳に載せると、

「うまく逃げられましたね」

小梅を見て、笑みを浮かべた。

「え」

なんと答えていいのか、小梅はうろたえた。

「東蔵《とうぞう》」

流しの傍でそんな名を口にした伊十郎が、湯呑三つと通徳利《かよいどっくり》を持って来て二人の傍に腰を下ろした。

伊十郎から「東蔵」と呼ばれた男は、身に纏っていた絽のように薄い布を体から剝がした。

その下には、どこかで眼にした銀鼠色の着物があった。

さらに、引き寄せた布袋の口を開けると、中から鬘《かつら》を取り出して坊主頭に被った。

「これは」

小梅が声を発すると、東蔵はさらに袋から扇子を取り出して、自分の膝元に置いた。

その恰好はまさに、先刻、恵然寺の境内の高座に着いた時の『浮世亭豆助』の拵えと同じだった。

「世を憚ったり、押しかけて来る役人から逃げたりするには、姿形を変えませんとね」

東蔵こと、年の頃三十ばかりに見える『浮世亭豆助』はそう言って、町人髷の鬘を外した。

「これは、名を東蔵と言って、もとは日本橋堺町河原崎座《かわらさきざ》の役者だよ」

伊十郎が言うと、

「市川仙太郎《いちかわせんたろう》という名の大部屋の役者でしてね」

豆助こと東蔵が名乗るのを聞いて、小梅が口を開いた。

「へぇ、河原崎座の――わたしの父親は、以前、市村座で床山を」

「それは、式様から聞いております。床山だった親父さんは、芝居町に燃え広がる火事を消しに行って、亡くなられたとか」

「左様で」

小梅は、東蔵に頷き返した。

そして、

「坂東吉太郎という中村座の大部屋にいた恋仲の男も火事に遭って顔に火傷を負って、役者は廃業しました」

とも打ち明けた。

「そのお人は今何を」

「しばらくは、声色屋《こわいろや》なんかで暮らしを立てていましたけど、去年の冬、芝の川に落ちて死んでしまいました」

小梅はそこまで明かしたが、その死に不審を抱いていることは秘した。

「それは、なんとも言葉がありません」

東蔵は、小梅に向かって首《こうべ》を垂れた。

「我が主の矢部定謙様は、名代の役者、市川清十郎《せいじゅうろう》と親しくしていたことから、その弟子の仙太郎を可愛がっておいでだったんだよ」

伊十郎が昔話をすると、東蔵は相槌《あいづち》を打つように頭を下げた。

「しかし、役者としての仙太郎はなかなか芽が出ぬ。どうも出世は望めぬと踏ん切りをつけた四年前、清十郎旦那の口利きで、噺家の翁家《おきなや》さん馬《ば》に弟子入りすることが出来たんだよ」

「そのお蔭で、今は二つ目になって、翁家吾八《ごはち》という噺家になっております」

東蔵は、坊主頭に片手を遣ると小さく会釈をし、

「去年の秋の初め頃、芝神明近くの寄席に上がった時、噺を聞きにいらしていた式様と何年かぶりにお会いしたんですよ」

伊十郎の話を引き継いだ東蔵は、久しぶりの再会の経緯を明かした。

東蔵はその時、世話になった矢部定謙が、鳥居耀蔵らの姦計に陥った挙句、絶食して自死したことを知ったのである。

それを機に、東蔵は、恩人の矢部定謙を死に追いやった老中の水野忠邦と南町奉行、鳥居耀蔵の理不尽な仕打ちを世間に知らしめようという激情に駆られたと胸中を明かした。

そんなお上のやり口を世間に知らしめることが、無念のうちに自死を遂げた矢部定謙への、東蔵なりの敵討《かたきう》ちのつもりだったとも述べた。

「衣装の早変わりも、鬘の取り替えも、芝居小屋にいた頃のことが、『浮世亭豆助』を演ずる時、大いに役立ちましたよ」

東蔵は、笑みを浮かべて話を締めた。

「今年になって、『浮世亭豆助』があちこちで改革の裏話をし続けてくれたお蔭で、老中の失政も鳥居耀蔵の冷酷さも大分知れ渡ったが、『浮世亭豆助』の身にいつ何時火の粉が降りかかるかもしれぬ懸念も出てきた。それで相談だが、このあたりで『浮世亭豆助』は姿を消してはどうだ」

伊十郎は静かに、情の籠《こも》った思いを東蔵に投げかけた。

「ここらで、翁家吾八として、寄席に戻るのはどうだ？」

「ありがとう存じます」

東蔵は伊十郎に軽く頭を下げると、

「翁家に戻るにしましても、ひと頃は百二十を越す寄席があって、多くの噺家が腕を競い合ってたものですが、今じゃ、この広い江戸に、たったの十五しかねぇってぃうんですから、屁の突っ張りにもなりませんや。それに、寄席で滑稽噺をするのはお上に禁じられておりまして、話していいのは、寺小屋の子供にするような戦記物とか学問の話とかですから、これはいけません」

そう言って、気弱な笑みを浮かべた。

「そしたら、それこそ、今夜みたいな広いお寺を借りていつもの噺をしたらどううですか。わたしの知り合いに船宿の船頭がいますから、その人の伝手で、屋根船の中なんかを寄席代わりにする手もあるんじゃありませんか」

小梅が身を乗り出して口を開くと、

「ええ。わたしもね、料理屋や蕎麦屋の二階なんぞで、こっそり滑稽噺をしようかとは思っておりますがね」

東蔵がにやりと、不敵な笑みを浮かべた。

すると、

「東蔵、この後は、この小梅さんが、鳥飼孝蔵や天野忠元にとっちめの灸を据えてくれるかもしれないよ」

伊十郎までもが、笑みを浮かべた。

七

両国の川開きまであと四日と迫った五月二十四日の昼過ぎである。

菅笠を被って道具箱を提げた裁着袴姿の小梅が、下駄の音をさせて永代橋を渡っている。

『浮世亭豆助』の噺を聞きに恵然寺に行った夜から、二日が経っていた。

『薬師庵』の仕事始めである五つになるとすぐ、立て続けに療治の客が訪れた。

腰を痛めたと言ってまずやって来たのが、拝み屋のお菅だった。お菅の療治にはいつも通りお寅が当たった。

すると次は、『薬師庵』とは浜町堀を挟んだ東側にある、信濃国小諸《こもろ》藩牧野家の上屋敷から、一人の陸尺《ろくしゃく》が同役の男たちに支えられて連れて来られたのだ。

牧野家の菩提寺に墓参した藩主を乗せた乗り物を担いで屋敷に戻ったのだが、乗り物を片付けようと担いだ途端、腰を捻って痛めたとのことだった。

その陸尺を、連れて来た連中に療治場に運ばせ、お菅の隣りに腹這いにさせて小梅が療治をすることにした。

その間、仲間を連れて来た三人の陸尺たちには、待合の場にもなっている居間で待ってもらった。

お寅のお菅への療治は四半刻ほどで済んだが、腰を痛めた陸尺の療治は手間取った。

小さな艾だけの療治に加え、痛みの強いところには、棒灸で患部を温めることにした。

うつ伏せになった陸尺と二人だけになった小梅の耳には、時々、陸尺が口から洩らす「ううう」と言う声と、三人の陸尺を相手に居間で賑やかにやりとりをするお寅とお菅のけたたましい声が届いた。

「ごめんなさいよ」

戸口から男の声がしてすぐ、お寅が応対する声が療治場にも聞こえた。

すると、療治場に顔を突き入れたお寅が、

「深川に出療治を頼みたいって言って来てるけど、断っていいよね」

面倒臭そうな物言いをした。

「どこの誰の頼みだと言ってるんだい」

「材木問屋『日向屋』さんに頼まれて、『笹生亭』ってとこに行ってもらいたいそうだ」

お寅は何の気なしに口にしたが、『笹生亭』は、材木問屋『日向屋』の持ち物ながら、鳥居耀蔵に別邸として供している建物だった。

灸を据える相手は、おそらく鳥居耀蔵だろう。

町人の怒りや恨みが向けられている相手でもあり、清七はじめ、弥助の死に関わっているかもしれない側にいる者の療治を自分がしていいのかという迷いもなくはない。

だが、鳥居耀蔵の本性がどんなものか、それを知りたい思いもあって胸をざわつかせる。

「昼からならわたしが行くと、そう言っておくれ」

迷った末に、小梅はお寅に、使いへの返答を託した。


『薬師庵』で昼餉の素麺を食べた小梅は、深川を目指して永代橋を渡っていた。

深川相川町にある『笹生亭』へは、橋を渡れば眼を瞑《つむ》っても行きつける自信があるくらい、道筋は熟知している。

油堀西横川に架かる巽橋の手前の小路を右へ入った先の右手にあるのが、『笹生亭』である。

町家や漁師の家、漁具小屋などが立ち並ぶ道を進むと、『笹生亭』の門前に置かれていた乗り物の周りを、侍や挟み箱持ちと四人の陸尺ら十人ばかりが取り囲んでいた。

余りの仰々しさに、小梅は思わず漁師小屋の陰に身をひそめて、『笹生亭』の様子を窺う。

すると、地面に膝を突いて控えていた黒ずくめの編み笠の侍が、乗り物の小窓を閉めて立ち上がった。

それと同時に陸尺が乗り物を担ぎ上げ、十人ほどの供揃えが静かに動き出し、小梅の眼前を通り過ぎる。

その時、乗り物を担ぐ黒塗りの棒に、『鳥居笹』の紋が見えた。

乗り物の一行が表通りへ出たあと、永代橋の方に向かったのを見た小梅は、『笹生亭』へと足を向けた。

檜皮葺《ひわだぶき》の門の先の、建物の端にある竹垣の扉を開けて小梅は足を踏み入れた。

「ごめんなさいまし」

台所の出入り口の腰高障子の前で声を掛けると、中から戸を開けた軽衫《かるさん》姿の老爺が顔を覗かせた。

「わたしは、灸を頼まれてきた『薬師庵』の者ですが」

「あぁ。そうでしたか。来てもらってすまないが、こちらの旦那様は、急な用事が出来《しゅったい》しまして、たった今」

老爺の声に、

「やはり、今の乗り物がそうでしたか」

小梅はそう言って、小さく頷いた。

「それで、『薬師庵』さんが来たらと、旦那様から預かっておりましたので」

老爺はそう言うと、袂《たもと》から小さく折り畳んだ紙を取り出して小梅に差し出した。

「お代はいただけませんので」

小梅が遠慮すると、

「無駄足を踏ませた足代だそうですから、どうぞ」

「いえ、それは」

柔和な面持ちで差し出した老爺の手を自分の手で止めると、小梅は一礼して踵を返した。

『笹生亭』を後にした小梅は、来た道を引き返して永代橋の中ほどに差し掛かっていた。

刻限はほどなく八つ（二時半頃）という頃おいである。

霊岸島と深川を繋ぐ橋は、いつものことながら人の往来が多い。

商売が絡んだ人の行き来もあるが、寺社詣や花街を目指す行楽の者が引きも切らないのだ。

長さが百二十間（約二一六メートル）ある橋の真ん中あたりを過ぎると橋板は下りとなる。

まもなく橋を渡り切るというところまで歩を進めた小梅が、ゆっくりと欄干の近くに寄って、行く手に目を凝らした。

先刻、『笹生亭』の近くで見送った乗り物の一行が、御船手番所先を左に折れて豊海橋へと向かったのである。

小梅は永代橋を渡り終えると、さりげなく乗り物の後を付け始めた。

その行先がどこなのか、確かめたくなっていた。

豊海橋《とよみ》を渡って大川の方に曲がれば北新堀大川端町なのだが、そこには材木問屋向かった。

『日向屋』の別邸である『木瓜庵《ぼけあん》』があるのだ。

その乗り物は豊海橋を渡って左へ曲がると、果たして、北新堀大川端町の道へと向かった。

後を付けていた小梅は、三叉路のところで塩町の小路に入ると身を隠し、乗り物の行方を眼で追う。

すると、四人の陸尺が担いだ別の乗り物が、『笹生亭』を後にした乗り物の一行の向こうから現れてすれ違い、小梅が潜む三叉路の前を豊海橋の方へと向かった。

陸尺の足の運びから、人が乗っている気配はなかったが、担がれていく乗り物の担ぎ棒には、金箔の『立ち澤瀉《おもだか》』の紋があった。

『鳥居笹』の紋のある乗り物の一行は、三ノ橋近くの『木瓜庵』の前で止まった。

すると、傍に付いていた黒ずくめの編み笠の侍が乗り物の脇に膝を突いて扉を開け、履物を揃えた。

乗り物から降りたのが鳥居耀蔵だということは、遠目ながらも小梅には分かった。

そこへ、『木瓜庵』の中から出てきた『日向屋』の勘右衛門と二人の武家が耀蔵を迎える。

勘右衛門は耀蔵に頭を下げたが、耀蔵は傍にいた二人の武家に丁寧に頭を下げた。

そのことから、『木瓜庵』の中には耀蔵より格上の相手が待っているとも思われる。

それは、さっき小梅の目の前を通り過ぎて行った、『立ち澤瀉』の紋の付いた乗り物の主に違いあるまい。

その家紋を持つ武家はいろいろあるが、鳥居耀蔵が頭を下げるほどの相手となると、老中の水野忠邦ではないかと思われる。

なるほど——小梅は、胸の内で呟いた。

鳥居耀蔵が『笹生亭』を急ぎ出たのは、『木瓜庵』で老中の水野と会うことになったからに違いないと、小梅は合点が行った。

八

大川端町を後にした小梅は、一旦、小網町を通って『薬師庵』に帰ろうと足を向けかけたが、ふと思い立って、箔屋町の『加賀屋』に立ち寄ることにした。

四日後に迫った大川の川開きの際、『加賀屋』が仕立てる屋根船に『浮世亭豆助』を招きたいと言っていたお内儀のお美乃に、その手立ては出来なかったと伝えに行くことにしたのである。

霊岸島を西に向かい、亀島橋を渡って、南北の奉行所の与力や同心の組屋敷が立ち並ぶ一帯を通り抜けて楓川にぶつかると、箔屋町の『加賀屋』までは四町（約四四〇メートル）ほど歩けば行き着ける。

『加賀屋』の裏口から勝手口に向かって声を掛けて、顔見知りの女中にお美乃への来意を告げると、ほんの少し待っただけで奥の部屋へと通された。

そこへは既にお美乃が膝を揃えていて、

「わたしに何か、お話があるとか」

小梅は向かい合うなり、お美乃に尋ねられた。

「先日こちらにお伺いした時、川開きの屋根船に、世間で評判の噺家、『浮世亭豆助』を呼ぶ手立てがないかとお聞きになった件でして」

小梅は歯切れの悪い物言いをしたのだが、

「手蔓がありましたか」

お美乃は喜色を浮かべて、甲高い声を上げた。

「それが、あちこちで話を聞くと、『浮世亭豆助』というのはどこに住んでいるのかも分からないような人で、噂によれば、『浮世亭豆助』としてはもう落とし噺はしないということらしいんです」

「そうでしたか」

お美乃の声には、落胆の色が滲んでいる。

「その代わりに、わたしの知り合いに、翁家吾八という噺家を知ってる人がいるんですが、その知り合いの口利きなら翁家吾八は受けてくれるかもしれません」

恐る恐る勧めると、お美乃は、

「その翁家さんというお人は、世間では評判の人かしら」

と、首を傾げる。

「さぁ、その吾八さんの評判がどんなものかは、わたしにもよくは分かりませんが」

「だったら小梅さん、その翁家さんを呼ぶのはよしましょう。どうせなら、『浮世亭豆助』さんくらい評判の人の噺というのがどんなものか、それを聞いてみたいものねぇ」

お美乃は、邪気のない笑みを浮かべた。

『加賀屋』を後にした小梅が、『薬師庵』にほど近い人形町通を突っ切ろうとした時、

「出療治に行くのか」

聞きなれた男の声がした。

通の北の方から現れた吉松が、暑さにうだったような様子で小梅の脇で足を止めた。

「出療治の帰りなんだよ」

小梅がそう答えると、

「いいよなぁ。家に帰れば、日陰になるしなぁ」

小脇に刷り物を抱えた吉松が、ため息交じりの声を出した。

「読売を売りに行くのかい」

「そうなんだが、この暑さで人が集まらねぇのよ」

「きっと間が悪いんだよ。日が落ちて、人が家路につく時分におしよ」

小梅の勧めにも、吉松から芳しい返事はなく、

「ここんとこ、これという捕りものも心中騒ぎも起きてねぇし、読売が売れねぇ」

深いため息をついた。

「その後、『浮世亭豆助』の告知は出てるのかい」

小梅が問いかけると、

「この前、深川の寺に豆助が現れて役人が駆け付けたらしいが、その騒ぎを見たという奴の話も集まらねぇから、読売にも載せられねぇのよ」

「それは生憎だねぇ」

小梅が小さくうんうんと頷くと、

「じゃぁな」

覇気のない声を洩らして、吉松は堺町の方へと曲がって行った。

歩き出した小梅が、「あ」と声を上げて足を止めた。

鼻緒を挟んでいる左の足の指に痛みが走ったのだ。

左足を下駄から抜いて指の間を見ると、親指の内側がこすれて、少し赤くなって

いる。

午後から、無駄足を含めてかなりの道を歩いたせいかもしれない。

小梅は、左の下駄の鼻緒を、手の指で言えば、人差し指と中指の間に挟み、その足をそろりそろりと、新和泉町の道から高砂町の『薬師庵』へと向けた。

第三話　死んだ男

一

四月から七月ぐらいまで、江戸の各所では諸国大名の参勤の行列が見受けられる。各大名は、一年間江戸に出府したら、翌一年は国元に戻るのが決まりになっている。五月のこの時期、上野東叡山の東側にある日光道中でも、国元に帰る大名や出府してきた大名の行列を眼にすることがあると聞いている。

上野東叡山周辺には、日光道中を初め、奥州や上州へ通じる街道があるので、大名行列の往来が眼につくのかもしれない。

しかし五月二十五日の昼、梅雨の湿気に閉口しながら日光道中を行く小梅は、そんな大名の行列を、この日一度も眼にはしていなかった。

「今日の昼、ぜひぜひ、お出で願います」

そんな内容の文を『灸据所　薬師庵』に届けたのは、根岸金杉村の三味線の師匠、お玉から託されて来た町小使《まちこづかい》だった。

お玉というのは、もともと『薬師庵』近くの『玄冶店』に、瀬戸物屋の主、久次郎の囲われ者として住んでいた元芸者なのだが、旦那の女房との間にすったもんだがあった末に、なんと、いつの間にか深い仲になった久次郎の倅、卯之吉を連れて根岸金杉村に転宅していたのである。

だが、そんな経緯があったことなど、卯之吉の二親は未だに知らないでいる。

この日、空は朝からぐずついており、『薬師庵』に療治に来る客が多いとは思われず、小梅は道具箱を提げて金杉村に向かったのである。

というより、母親のお寅は出療治を一切しないので、小梅以外に行く者はいなかったのだ。

降ったり止んだりする五月雨《さみだれ》を用心して傘を持って出たのだが、お玉の家に着くまでは雨の心配はなさそうである。

『薬師庵』から遠い所へ出療治に行く時と、日射しが強い日の出療治には菅笠を被ることにしている小梅は、薄黄に紺色の矢《や》鱈縞《たらじま》の着物に縹色《はなだいろ》の裁着袴を穿いているが、腰の帯には刀のように唐傘を差し、履物はいつものように下駄だった。

お玉の家に二度ばかり出療治に来たことのある小梅は、下谷坂本裏町で日光道中から左に逸れて、鶯《うぐいす》の里とも言われている根岸の方へと足を向けた。

西蔵院の奥を流れる小川を渡った先にある平屋の一軒家が、三味線を教えるお玉の家である。

扉のない冠木門の傍に行くと、家の中から、あまり巧くない三味線の音が聞こえた。

「こんにちは。『薬師庵』です」

冠木門を潜って家の戸口で声を掛けると、二、三丁の三味線を弾くつたない音が止み、

「はぁい」

聞き覚えのあるお玉の声がした。

声がして程なく、中から障子戸を開けたお玉が、

「どうぞ、中に」

戸を大きく開いて、小梅を土間に招じ入れる。

「もう少しで稽古が終わるから、居間で待っててくださいな」

「長火鉢のあるところですね」

小梅が確かめると、

「そそそ。もう少しで終わりますから」

お玉はそう言って土間を上がると、右手の部屋に入って行く。

道具箱を持って上がった小梅は、左手の障子を開けて、六畳の部屋に入る。

この部屋は、お玉に灸を据える時に使う、日の射し込む明るい縁側の部屋である。

この部屋の奥にあるのが、長火鉢の置いてある四畳半の居間だった。

お玉が入った部屋の方から、先刻とは違う綺麗な三味線の音が聞こえてきた。

どうやら、お玉が手本を示しているようだ。

小梅は火の気のない長火鉢の傍に膝を揃えると、近くに置いた道具箱の抽斗を開け、念のために灸据えに使う道具類を確かめる。

艾や線香、手拭いや刷毛《はけ》に至るまで、不足はなかった。

聞こえていた三味線の音が止むと、

「お師匠さん、ありがとうございました」

何人かの、若い女の声がした。

やがて、土間の方から幾つかの足音が聞こえ、

「気を付けてお帰りよ」

と、お玉の声がした。

「はぁい」

若い女たちの明るい声がして、戸の閉まる音が小梅の耳に届いた。

「待たせてしまって、すまなかったわね」

居間に入って来るなり、お玉は詫びを口にした。

「それじゃ、支度にとりかかりますけど、灸はいつも通り隣りの縁側の部屋でいいんですか」

「いえね小梅さん、実は、今日の用件は療治じゃないんですよ」

「え」

道具箱の抽斗の把手《とって》に手を掛けた小梅が、訝る声を洩らした。

眼を落としたお玉は、揃えた膝のあたりで自分の両手をこすり合せている。

「療治じゃないというと」

「卯之吉のことなの」

眼を膝に向けたままのお玉の口から、意外な言葉が飛び出した。

「そういえば、今日は卯之吉さんの姿が見えませんね」

小梅が訝しげに問うと、お玉は下唇を軽く嚙んで、さらに顔を伏せた。

「卯之吉は、ここを出たまま、帰って来ないのよ」

くぐもった声を出したお玉は、いきなり顔を上げると、

「小梅さん、神田日本橋の辺りで卯之吉の姿を見かけちゃいない？」

小梅の方にぐいと顔を近づける。

「いえ。見かけませんけど、卯之吉さん、日本橋や神田の方に行ったんですか」

「知らないけど、あの卯之吉が行くとすれば、実家や知り合いの多いあの辺りしかありませんよ、きっと」

そう決めつけて、お玉は口を尖らせた。

「ここを出たのは、いつのことなんです？」

努めて穏やかに問いかけると、

「一昨日よ」

「まだ、二日しか経ってませんよ」

「あの卯之吉が、二晩も家を空けるなんて――！」

そう吐き出すと、お玉はまたしても下唇を噛み、長火鉢の縁に片肘を突いて上体を凭《もた》れさせた。

「なにがあったんですか」

小梅の問いかけにお玉は躊躇《ためら》うそぶりを見せたが、大きく「はぁ」と芝居じみたため息を吐いた。

そして、

「卯之吉は、あの通り気働きが利くでしょう。気が回るというか。だから、ここに稽古に来る芸者衆からも町屋の娘さんからも、気に入られているというか、好かれてるのよ」

そのことに困っているとでもいうような物言いをして、

「中には、卯之吉の気を引こうとするような娘さんも二、三いてね。それだけならいいけど、いいえ、決してよかぁないけど、この頃じゃ、卯之吉まで嬉しそうにしてるんだから」

そう言うと、火鉢に刺さった火箸を摑んで灰を掻きまわした。

「時々、用事を言いつけて上野や浅草に行かせるんだけど、帰りが遅くなることがあったのよ。その時、稽古に来ている娘さんと示し合わせて会ったりしてるんじゃないかと問い詰めたら、卯之吉の奴、そんなこと言うならわたしはここからお暇《いとま》しますなんて言うから、その時は矛《ほこ》を収めましたよ。だけど、そんなことが一、二度続いたから、あたしが自分の簪《かんざし》を引き抜いて問い詰めたら、誰とは言わなかったけれど、あたしの二人の弟子に誘われて、それぞれ別の日に、不忍池近くの三橋《みはし》の菓子屋で甘い物を食べましたって、ついに白状したから、あんたなんか出て行けと叫んだのよ。そしたらそのままぷいっと表に飛び出して行ってしまって」

そう言って、またしてもため息をつくと、お玉は力なく火箸を灰に刺した。

「それで、わたしを呼び出したわけは――？」

小梅が静かに不審を口にした。

するとお玉は、

「だから、卯之吉が神田の自分の家に帰ったような様子がないかどうか、聞きたいと思って」

小梅からすうっと、眼を逸らした。

「日本橋高砂町からこの道具箱を提げてきたのに、ご用というのはそのことでしたか」

小梅が、今後の出入りを断られることを覚悟して嫌味を口にすると、

「すまなかったわ」

お玉は素直に詫びて、頭を下げた。

二

道具箱を提げた小梅が、お玉と連れ立って寛永寺の支院の立ち並ぶ道を浅草新寺町へと向かっている。

先刻、お玉からの詫びを聞いた小梅が、帰ると告げて腰を上げると、

「だったら、新寺町まで一緒に行くわ」

お玉がそう言い出したのだ。

三味線の稽古に浅草新寺町にある仏具屋の娘が通ってきているのだが、お玉は、その娘と卯之吉の仲が怪しいと睨んでいると明かしていた。

「もしかしたら、卯之吉がその子の家に転がり込んでるかもしれないから、これから確かめに行く」

そんな決意を口にしたお玉に引っ張られるようにして、小梅は金杉村を後にしたのである。

日光道中を山下の方に向かっていた小梅とお玉は、下谷車坂町の三叉路に差し掛かっていた。

「新寺町はこっちよ」

足を止めたお玉が、左に延びる道を指し示すと、

「じゃ、わたしはこのまま帰ります」

「何言うのよ、小梅さん。あたし一人じゃ心細いから、仏具屋の店先までついて来てもらえないかねぇ」

媚びるように腰を左右にゆすり、合わせた両手でお玉に拝まれた小梅は、仕方な

く三叉路からほど近い所にある仏具屋の前まで付いて行った。

「こりゃ、お師匠さん」

店の出入り口近くで仏壇にはたきを掛けていた中年の男が声をあげながら表へ出て来て、お玉に腰を折った。

「知り合いとここを通り掛かったもんですから、おさえさんの顔を見て行こうかと思って」

お玉ははたきの男にそう言うと、小梅を指し示した。

「そりゃ生憎でした。娘は、男の用心棒を連れて池之端の櫛屋《くしや》に行ってるんですよ」

「男といいますと」

お玉が咄嗟に尋ねると、

「なぁに、この先の桶職人なんですがね、幼馴染みってことを笠に着たうちの娘に、いいようにこき使われてまして」

おさえの父親と思しき男が顔を綻《ほころ》ばせた時、

「お師匠様、何事ですか」

女の声がすると、尻《しり》っ端折《ぱしょ》りをした年の頃二十ばかりの男を伴った娘が、お玉の前に駆け寄った。

「おじさんにおさえ、急ぎの桶作んなきゃなんねぇから、おれは行くぜ」

尻っ端折りの若者は声を張り上げて、足を止めることなく仏具屋の前をすたすたと去っていく。

「新ちゃん、ありがと。また頼むねっ」

「お父《と》っつぁんによろしくな」

おさえに続いて、父親が声を掛けると、尻っ端折りの男は背を向けたまま片手を上げて応え、小路へと入って行った。

「お師匠様、うちにお上がりください」

「是非、そうしてくださいまし」

おさえに続いて父親からもそんな声が掛かったが、

「ありがとうございますが、連れをそこまで送らなきゃなりませんので」

お玉は、小梅を出しにして断ると、「それでは」と会釈して、日光道中の方へ足を向けた。

「あたしね、近々日本橋に行って、拝み屋のお菅さんに会おうかと思うのよ」

お玉が、仏具屋を後にした途端、そんな話を小梅に切り出した。

「神様に拝んでもらって、卯之吉の行方を聞き出すの」

追い出したくせに——小梅はそんな言葉を言いそうになって、慌ててやめた。

そんなことを口にしたら、お玉の意地を無残に砕く恐れがある。

お玉が、下谷車坂町の三叉路で足を止めると、

「お菅さんと顔を合わせたら、あたしがそのうち伺うってことを、周りに内緒で伝えておいてもらいたいんだけど」

「分かりました」

小梅は、お玉の頼みに頷いて応えた。

「ひとつよろしくね」

お玉は笑みを浮かべてそう言うと、下駄の音をさせてもと来た道を引き返して行く。

ふうと、小さなため息をついた小梅は、下谷車坂町の通りを山下の方へ足を向けた。

上野東叡山の車坂門を通り過ぎたところで、行く手の三叉路から頬被りの女が三人の男に腕を摑まれて背を押されながら引っ張られて来るのが眼に入った。

すると、男の一人が女を道に突き倒し、

「妙な言いがかりをつけるんじゃねぇよ」

冷ややかに吐き捨てて、他の男二人とともに元の道へと引き上げて行った。

道に倒れた女が落ちた手拭いを拾ってゆっくりと立ち上がり、着物に付いた泥を緩慢な動きで落とすのを見て、

「お園さん」

名を口にして、小梅は急ぎ向かった。

背負い簞笥《だんす》も針売りの幟も持っていなかったので、小梅はすぐにはお園と気付かなかったのだ。

「どうしたんだい」

近寄って尋ねると、足を踏ん張ろうとしたお園が軽くよろけた。

「足を痛めたのかい」

「ちょっと、捻ったようだ」

そう呟くと、お園は地面につけた左足を少し踏ん張り、

「けど、たいしたことはなさそうだ」

と、両足で体を支えた。

「ちょっと、そこの石段に腰掛けようか」

小梅が三叉路に面した寺院の山門を指すと、お園はその方に向かってそろりと足を向けた。

小梅がお園の片腕を持って支え、二人は山門に着くと石段の端に並んで腰を掛ける。

「いったい、なにがあったんだい」

小梅が静かに問いかけると、お園が三叉路から浅草の方に延びている道の左手の奥を指さし、

「小三郎が、あの『山徳』って香具師の元締のところに出入りしてることは知ってたから、訪ねて行ったんだよ」

「なんだって」

小梅は掠《かす》れた声を出して、道の先の『山徳』の看板に眼を向けた。

以前、小三郎捜しをしていた小梅は、死んだ弥助から、『山徳』にいるらしいと聞いて、そこを探ろうと口にしたことがあった。

「小梅さん、そりゃいけねぇ」

鋭い声で止めたのが、治郎兵衛だった。

その時、かつて香具師の元締として勇名を馳せていた『鬼切屋』を、二代目になった途端、潰しにかかったのが『山徳』だったと教えてくれたのだ。

『山徳』には、金ずくで無法なことに手を出す連中もいる上に、闇夜でも眼の利くおそろしい奴がいるとも言っていた。

そんなところにお園が訪ねて行った必死さが、小梅には危うく感じられた。

「それで、『山徳』はなんて」

「そんな野郎は知らないと、あぁして荒々しく追い返されたんだよ」

「『山徳』が嘘をついてるかもしれないよ」

小梅が慰めを口にすると、

「どうして嘘を言うのさ」

お園から険しい眼を向けられると、小梅に返す言葉はなかった。

「小三郎から何も言って来ないと、仕事に行く気もしなくなってね」

お園は弱々しい声を出して首を折ると、

「わたしに飽きたということだろうか」

ぽつりと洩らす。

「もしかしたら、材木問屋の『日向屋』に言いつかって、『日向屋』と鳥居耀蔵の間を行き来してるのかもしれないじゃないか。あんた、言ってたろう。鳥居家の屋敷と『笹生亭』を見張っていれば、鳥居耀蔵に近づく手立てが見つかるかもしれないって。それからしばらくして、『笹生亭』に現れた小三郎を付けたんだろう？そしたら、本材木町の『日向屋』に立ち寄ったあと、山下に看板のある『山徳』に入って行ったとわたしに教えてくれたんだよ。その時あんたは言ったんだ。小三郎にくっついていれば、鳥居耀蔵に近づく折もあるだろうって」

「だからなんだい」

お園は鋭い声を小梅にぶつけた。

「鳥居耀蔵に近づくのはやめたのかい」

小梅が努めて穏やかな声で問うと、お園は、

「小三郎に女がいたら、わたし、その女は殺すよ」

独り言のように抑揚のない声で呟くと、石段から腰を上げて『山徳』の看板のある道へと、覚束ない足取りで向かった。

『山徳』へ向かったのではなく、自分の塒《ねぐら》のある蛇骨長屋に引き上げるつもりだろうが、背を揺らして行くお園の姿を見ている小梅の頭を、〈恋狂い〉という言葉がかすめた。

三

菅笠を目深に被った小梅が、神田鍋町の通りをゆっくりと歩んでいる。お玉の家の帰りに、山下でお園と遭遇してから二日が経った五月二十七日の午後である。

『薬師庵』の常連客であるお菅の住む難波町裏河岸へ行くついでに、かなり遠回りにはなるが、卯之吉の実家である瀬戸物屋『笠間屋』の様子を窺い見るつもりだった。

従って、灸の道具箱も持たず、出療治の時に穿く裁着袴もつけていない。

行く手に『笠間屋』の看板を見つけた小梅は、道の反対側辺りでゆっくりと足を止めた。

その場から、『笠間屋』の店の中がよく見通せた。

卯之吉の父親の久次郎が中年の男の客と愛想よくやりとりしているが、土間の奥の帳場机に着いている女房のお紺は、心ここになく、腑抜けたようにぼんやりと虚空に眼を向けていた。

その様子からは、卯之吉が実家に戻っているとは思えない。

そのことを確かめた小梅は、日本橋室町へ通じる表通りへと足を向けた。


拝み屋のお菅の住まう『弁天店』は、『薬師庵』からほど近い難波町裏河岸にあった。

この日の午後は、出療治の依頼がなかったので、自分の用をするために家を出たのである。

卯之吉の行方を知りたいというお玉が、近々、お菅の拝みに縋《すが》りに来るということを知らせに行くのだとお寅には言ったが、それは口実である。

小梅には、卯之吉の行方などより、他の男の行方が気になるのだ。

それは、鳥居耀蔵の生家である林家の女中だった浪江《なみえ》が産んだ男児、倫太郎《りんたろう》のその後の消息である。

卯之吉の行方を知りたいと言ったお玉が、神様に拝んで失せ物捜しなどをしているお菅に縋ろうとしていることに、小梅は触発されてしまった。

拝み屋の霊験《れいげん》があらたかかどうかはなんとも言えないが、倫太郎の消息が分からなくなった今、お菅に頼ってみることにした。

お玉の家から高砂町に戻ったその日にお菅を訪ねたのだが、

「拝みは混み合ってるから、明後日の八つ半（三時半頃）に」

お菅にそう言われて、今日に日延べをしたのである。

二日前が、拝みの依頼人で混み合っていたかどうか本当のところは分からないが、神に拝んでくれるお菅に気分を害されると困るので、大人しく日延べを受け入れていたのだった。

棟割の六軒長屋一棟の『弁天店』の木戸を潜って、一番手前がお菅の住まいである。

「お菅さん、小梅ですが」

戸口に立って声を掛けると、

「入られよ」

普段のお菅からは聞いたことのない厳《おごそ》かな声が返ってきた。

戸を開けて土間に足を踏み入れると、板の間に普段着の上から袖なしの白い羽織を着たお菅が膝を揃えており、頭には麻で編んだ紐を巻き、後ろで結んでいた。そのお菅は、壁際に設えられた高さ二尺ほどの神棚と思しき台に立てられた二本の榊《さかき》、その間に置かれた位牌のような板に貼られた護符を前に瞑目している。

しかも、六畳の部屋の四面には注連縄《しめなわ》が張られて神道らしき様相が醸し出されており、初めて見るお菅の家の中の有様に小梅は軽く眼を瞠《みは》った。

「なにをしておる。上がらんか」

叱責が飛んで、小梅は急ぎ土間を上がり、お菅の背後に膝を揃えた。

「拝み代は、二百文（約五〇〇〇円）だが、よいな」

「え」

小梅が驚きの声を上げると、

「これまでの付き合いに免じて、百でよい」

お菅は一気に半値にした。

小梅は承知したが、それにしても高いと、腹の底では思う。

家業である『灸据所　薬師庵』の療治代は、患部ひとつにつき、二十四文（約六〇〇円）である。

腰と足の二か所に灸を据えても、四十八文にしかならないくらい安い。

なのに、当たるか当たらないか分からない拝み代が百文とはどういうことか――

小梅は、腹の底で怒りの声を上げた。

「それで、捜したい相手は何者か」

お菅は、依然、尊大な物言いをした。

「町人の、倫太郎という二十六、七の男です」

小梅が畏《かしこ》まって答えると、

「お前の情人《いろ》か」

お菅は、遠慮会釈もない声を発した。

「違いますよ」

口を尖らせて強く言い返した小梅は、すぐに、

「違うんですよ」

と穏やかな声で言い直すと、話を続けた。

「生まれてから十五、六くらいまでの様子はなんとなく分かってるんだけど、その後どうしてるのかがまるっきり分からないもんだから」

「ならば、どこでどう生まれたのか、その辺から聞こうか」

お菅に促された小梅は、とある幕臣の家に奉公していた浪江という女中が、その家の三男の手がついて孕《はら》んだことから話を切り出した。

お家などの思惑によって屋敷を出された浪江は、駒込の高名な植木屋『武蔵屋』の伝手で滝野川の農家に預けられ、そこで男児を産み、子は倫太郎と名付けられた。

しかし、農家に居られなくなった浪江は、その後、女房に死なれた飯屋の男の後妻になり、倫太郎共々駒込に移り住んだ。

だが、浪江母子に安住の家はなく、ことに倫太郎は義父ともその倅とも折り合いが悪くなった。

そして十三になった時、倫太郎は浪江に勧められて飯屋を出、板橋の炭屋に住込

み働きに行くことになったが、年に二度の藪入りの日も、浪江のいる駒込の家に寄りつくことはなかったのだ。

その後、住込み奉公から三年後の藪入りの時、十六になった倫太郎が駒込に行くと、母の浪江は半年前に死んだと聞かされた。

そのことを知らせもしなかった義父とその倅に怒りを向けて揉め、怪我をさせて役人に捕まるという騒ぎを起こした。

ところが、倫太郎の請け人が、大名や旗本の屋敷に出入りする植木屋の『武蔵屋』だと分かると、即日の放免となったのである。

「そこまでは調べがついたんだけど、倫太郎のその後の消息が知りたいんですよ、お菅さん」

小梅は努めて下手に出た。

すると、

「なにゆえ、百文という金を出してまでその男のことを知りたがるのじゃ」

お菅が高飛車な問いかけをした。

「そのわけは言えませんね」

「ならば拝めぬっ」

お萱が声を強めた。

「分かりました。じゃぁ、他を当たります」

「まぁ、待て」

お萱の鋭い声に、腰を上げかけていた小梅が動きを止めた。

「近所の馴染みということで、わけは聞くまい」

お萱の口から柔らかい声が掛かり、小梅は座り直す。

「では、拝むことにする」

神棚に向かって叩頭《こうとう》したお萱は、御幣《ごへい》を両手で持つと左右に打ち振る。

「かけまくもかしこき、いざなぎのおおかみ、つくしのひむかのたちばなの、おどのあわぎはらに、みそぎはらえたまいしときに、なりませるはらえどのおおかみたちもろもろのまがごと、つみけがれあらんをば、はらえたまいきよめたまえともうすことをきこしめせと、かしこみかしこみもうす」

御幣を左右に打ち振ったお萱は、

「とおかみえみため、はらえたまいきよめたまえ」

声を出して深々と叩頭《こうとう》したかと思うと、

「えいえいえい」

上段に上げた御幣を、三度振り下ろす。

「母浪江より生まれ出でにし倫太郎なる者、数々の難儀、荒波に揉まれたる六道輪廻の衆生《しゅじょう》なれど、今いずくにありやなしや、なもばぎゃばてい、はらじゃはらみたえい、たにゃた、しつれえい、しつれえい、しつれえいさい、そわか」

そこで頭を下げたお菅は、膝を立てて「はっはっはっ」と御幣を振ると、ばたりと板の間にひれ伏した。

やがて、ゆっくりと座り直したお菅が、小梅の方に体を向けて、

「神のお言葉を伝えます」

厳かな物言いをした。

すると小梅は思わず、

「はっ」

と、畏まった。

「倫太郎は、死んでおる」

「え、いつ」

小梅が声を洩らすと、

「何年も前じゃな。六、七年前になろうか」

お菅は、淀みなく答えた。

「確かですか」

「お前は、神の言葉を信じぬのかっ」

お菅の口から激しい声が飛ぶと、

「いえ、決して」

小梅は慌てて両手を突いた。

四

難波町裏河岸の『弁天店』を出た小梅の足取りは重い。

お菅の住む家から高砂町の『薬師庵』まではたった三町（約三三〇メートル）足らずの道のりだが、やけに遠く感じられる。

百文を損したという思いに駆られているせいだろう。

お菅の拝みを信用していたわけではないが、もしかしたら当たるかもという、淡い期待はあった。

倫太郎が生きていると言えば、どこにいるのかと追及されて、御託宣を伝えた方は困ることになる。

だから死んでいることにすれば、頼んだ方は諦めるしかないのだ。

しかし、中にはお菅の拝みで助かったという者もいるから、まったくのまやかしとも片付けられない。

そんなことを考えながら歩いて、小梅は『薬師庵』の戸口に立った。

戸を開けて土間に入ると、

「どなた」

声を出したお寅が、居間から顔を突き出した。

「ただいま」

土間を上がった小梅が居間に入ると、

「遅かったじゃないか」

そう言ったお寅が、食べ掛けの水ようかんを口に入れた。

「お菅さんのところに行く前に、神田鍋町の『笠間屋』の様子を見に行ったのよ。ほら、お玉さんが卯之吉さんの行方を気にしてたからさ」

そう言うと、両足を伸ばした小梅は、両手を後ろに置いて顔を天井に向けた。

「あ、そうそう。さっき治郎兵衛さんが来て、今日の六つ（七時半頃）時分、あんたが元大坂町に来られるかって聞きに見えたんだがねぇ」

「夕餉を済ませたら行ってみるよ」

そう言って小梅が体を起こした時、

「ごめんください」

戸口の外から、男の声がした。

「お入り」

お寅が居間から声を張り上げると、しずしずと戸が開いて、頰被りの手拭いを顎で結んだ男が土間に入って来た。

「先日はどうも」

そう言って頰被りを取ったのは、卯之吉である。

「卯之吉さんあんた、こっちに来てたんですか」

小梅はつい、問い詰めるような物言いをした。

「はい」

息の洩れたような声が返ってきた。

「とにかく、こっちにお上がり」

お寅の声に、卯之吉は弾かれたように土間を上がり、腰を折ったまま居間に入り込むと、二人に向かって手を突いた。

「一昨日、お玉さんに呼ばれたから、あんたが金杉村を出た事情はこのおっ母さんも知ってるのよ」

小梅がそう口を開くと、

「あんた、追い出されたそうだねぇ」

「えぇ」

お寅に返答した卯之吉は細く息を吐いて、俯いた。

「お玉さん、卯之吉さんが家を空けたと言って、おろおろと落ち込んでましたよ。どこへ行ったのかも分からないと言って」

小梅がそう明かすと、

「追い出しておいてなんですか。心配するくらいなら、出て行けなんて言わなきゃいいんだ」

卯之吉には珍しく、強気な声を吐いた。

「それがそれ、女心というものさね。女の怒りはひっくり返せば悋気《りんき》なんだよ。腹立たしいと愛しいは、裏表ということだからさぁ」

「おっ母さん、いいこと言うじゃないか。三味線のお弟子は若い娘さんが多い上に、世話焼きの卯之吉さんにはみんなが近づくから、お玉さんとしちゃ気が気じゃないってことなんだよ」

「なのに、お前さんは、お弟子のひとりととうとう出来てしまったってわけだ」

お寅にそう言われて、卯之吉は顔を伏せた。

お寅はあてずっぽうで言っただけだが、卯之吉の様子から、どうやら図星のようである。

「そのことにうすうす気づいているお玉さんは癇癪《かんしゃく》を起こして、出て行けと追っ払ったってわけだねぇ」

「はい」

「お玉さんのところを出て、あんた神田の家にも戻らずいったいどこで寝泊まりしてるんだい」

お寅からの立て続けの問いかけに、卯之吉は打ちひしがれたように顔を伏せるばかりである。

「お弟子のお千代さんの家に転がり込むわけにもいかず、かといって、神田鍋町の家に顔を出せばどうなるかもしれず」

「それで、どうしたのさ」

小梅が焦れて、卯之吉に先を急かすと、

「幼馴染みの家が神田新銀《しんしろがね》町で荒物屋をしておりまして、そこの次男の喜助《きすけ》に泣きついて、同じ敷地にある蔵に布団を敷いて寝泊まりさせてもらってます」

しみじみと口にした。

「朝晩の食べ物はどうしてるんだい」

「喜助のおっ母さんや奉公人たちが何かと世話をやいてくれますからありがたいのですが、蔵の中というのは、厠にも遠く、水を飲むにもいちいち重い扉を開け閉めして出入りしなければならず、不自由この上なく――とはいえ、今更お玉さんのところには行けず、母親の元に顔を出せばどんな仕置きが待っているかと思えば恐ろしく」

「それで、うちに来たのはどういうつもりなのさ」

小梅が問いかけると、

「『薬師庵』の小梅さんやお寅さんのお力で、わたしが親の元へ戻れるようとりなしていただけないかと、お訪ねした次第でして」

卯之吉は、芝居小屋の襲名の口上のような物言いをして二人に向かって手を突いた。

「あたしらはね、お玉さんが『薬師庵』の客だったから何かと気になって動きはしましたけど、お前さんのために立ち回る義理も筋合いもないからねぇ」

お寅が筋道を口にすると、卯之吉はガクリと首を折った。

すると小梅が、

「まぁ、こうして多少は関わってしまったから、なんとか思案してみるけど、しばらくは荒物屋の蔵で世話になってなさいよ。何か、いい知恵が浮かんだら、会いに行くからさ」

そう声を掛けると、

「よろしくお願いします。蔵の中には箒《ほうき》や笊《ざる》、七輪や釣瓶《つるべ》に鍋釜が積まれていて、殺風景な上に侘しくて仕方ありません。風も余り通らず、昼は暑く夜は蒸して寝苦しいのです。どうか一日も早く良い知恵を見つけてくださいますよう」

卯之吉は深々と頭を下げると、蹌踉《そうろう》と立ち上がって居間を出て、土間に下りてよろよろと表へと出て行った。

「あんな弱っちい男に知恵なんかやることないよ」

お寅は冷ややかにそう言ったが、

「乗りかかった船だもの、どこへどう行き着くのか見てみたいじゃないか」

「お前が見たいのは、色恋のもつれた男と女の乗った船が、どこでどうひっくり返るかだろ？」

「おっ母さん！」

「冗談だよ冗談」

そう言うと、お寅は片手を大きく左右に打ち振った。

「あぁあ」

投げやりな声を発した小梅は、火鉢の縁に両手を突いて一気に腰を上げた。

「治郎兵衛さんのとこに行くには、まだ早いんじゃないのかい」

お寅は、小梅がへそを曲げたとでも思ったのか、気遣わしげな声をかけた。

「何言ってるんだよぉ。夕餉の仕度をしようと思っただけじゃないか。おっ母さんを飢え死にさせたら、後生が悪いだろっ」

小梅は、そう言うと足音を立てて台所へと向かった。

五

日が沈んだばかりの銀座界隈は、まだ明るさがあった。

だが、五千坪近い敷地に立っている銀座の建物群は黒々と沈んでいる。

日が沈むと同時に『薬師庵』を出た小梅は、『玄治店』を通り抜けると、銀座の北側にある元大坂町の『左吉店』に着いた。

「治郎兵衛さん、小梅ですが」

治郎兵衛の家の戸口で声を掛けると、

「お入り」

という声が返って来る。

戸を開けて土間に踏み入れようとした足を、小梅は思わず止めた。

土間には大きさの違う、見かけない草履が二つ並んでいて、火の気のない長火鉢に着いた治郎兵衛の向かいに、見知らぬ二人の男が膝を揃えていた。

「いいからお上がりよ」

治郎兵衛から声が掛かり、小梅は二人の客に会釈しながら土間を上がる。

「いつぞやの夜、この近くですれ違いましたね」

年かさの客が、小梅に笑みを向けた。

「あ」

小梅は口を開けたものの、声にはならなかった。

「小梅さん、これまで通り仮の名で引き合わせるが、今、口を利いたのが、鎌次郎《かまじろう》で、その横にいるのが丑蔵《うしぞう》だよ」

治郎兵衛は、小梅に声を掛けた四十を幾つか超した男を鎌次郎と言い、それよりいくらか年若の方を丑蔵と口にした。

以前、治郎兵衛に呼ばれて『左吉店』に向かった夜、堺町横町の居酒屋の表でほんの一瞬すれ違った二人の男だった。

その時は、小梅に眼を向けもせずすれ違った二人は、気に留めた素振りも見せずに去って行ったはずなのに、小梅の顔まで覚えていたのだ。

「今日はね、板橋から消息を消していた、例の、倫太郎のその後のことを知らせに来てくれたんだよ」

治郎兵衛が静かに口を開いた。

鎌次郎と丑蔵は、治郎兵衛の古い知人ということだったが、小梅は詳細について何も聞いてはいなかった。

一年半以上も前に起きた、堺町の中村座から出火して、近隣の町を焼くという火事で、小梅は父親を失い、恋仲だった役者の坂東吉太郎こと清七は、顔に火傷を負って廃業する憂き目に遭った。

その後、行方をくらましていた清七が去年の十月の晦日、小梅の前に現れて、中村座から出た火への不審を訴えたのだ。

火事が起きるさらに半年前、当時、坂東吉太郎と名乗っていた清七は、京扇子屋の才次郎《さいじろう》から料理屋に招かれ、贔屓《ひいき》としての付き合いを始めた。

それからすぐ、辰治《たつじ》という大工を引き合わされ、清七はその後、才次郎抜きで飲食を共にするようになったのだ。

火事の前夜も、中村座近くで酒を飲んだ二人はしたたかに酔い、泊めてくれと言う辰治を楽屋に連れて入り、清七も中村座で寝た。

そして、その明け方近くに火が出たのだ。

清七は火傷を負い、辰治の消息は一年以上も不明のままだったが、去年の冬に姿を現した清七によって、その辰治が深川の博徒『油堀の猫助』の子分だった『賽《さい》の目《め》の銀二《ぎんじ》』と判明したのだった。

刺殺されて大川に浮かんでいた『賽の目の銀二』の左腕にあった、賽子《さいころ》を口に咥《くわ》えた蛇の彫物と同じものが辰治の左腕にあったのを、清七は眼にしていたのだ。

火事のあと消息を絶って一年以上生きていた辰治に清七は不審を向けた。

さらに、才次郎が名乗っていた京扇子屋がどこにも実在しないので、才次郎も偽名だったのではないかとの疑念を抱いた。

そのことから、自分はその火事に一枚噛まされたのではないかと思い至り、誰に嵌《は》められたのか突き止めるとも口にして小梅の前からいなくなった何日か後、清七は、死体となって汐留川に浮かんだのだ。

その後、清七の死の真相を知ろうとする小梅に、力を貸すと言ったのが治郎兵衛である。

年が行って動きがままならない治郎兵衛は、世間の裏に通じているという知人二人に頼んでくれたのだが、それが、仮の名を鎌次郎と丑蔵という、目の前にいる二人だった。

二人の調べはその都度治郎兵衛に知らされ、それが小梅の耳にも届けられた。

その調べが進むうち、才次郎というのは、小梅も顔を合わせたことのある深川にある材木問屋『木島屋』の手代、小三郎だと分かるが、『木島屋』の主によれば、田舎に帰ったままだという答えだった。

ところが、年が明けた今年の正月、『賽の目の銀二』の元親分だった油堀の猫助も、小三郎が勤める材木問屋『木島屋』の主の甚兵衛《じんべえ》も、何者かによって斬殺されたのである。

これはまるで、小梅や鎌次郎と丑蔵が手繰り寄せようとしている真相への綱を断ち切られたような出来事だった。

しかしそのうち、材木問屋『木島屋』が材木問屋『日向屋』の子飼いらしいことも分かり、『日向屋』と鳥居耀蔵との公ではない繋がりも見えてきた。

さらに小梅が、

「亀戸天神に梅見に行った日に、浅草下平右衛門町の船宿の船着き場で見かけた『日向屋』の主、勘右衛門と一緒に居たのが鳥居耀蔵だった」

と話したことから、『日向屋』や、その夜、小梅を襲った小三郎と何らかの関わりがあるのではと考えて、鎌次郎と丑蔵は鳥居耀蔵そのものに興味を持ち、その生い立ちの調べも進めたのである。

幕府の大学頭《だいがくのかみ》、林述斎の三男として生まれていた耀蔵は、二十五になった年に、旗本の鳥居成純の婿養子として鳥居家の家督を継いだ。

その調べの最中、鎌次郎と丑蔵は、林家に起きた、ある出来事を知ったのである。

耀蔵が鳥居家に婿として入る三、四年前、林家に奉公していた若い女中が、父親の分からない子を孕《はら》んで、屋敷から出たというものだった。

鎌次郎と丑蔵の調べでは、浪江という女中は追い出されたというより、密かに産むために、伝手を頼って滝野川の農家に預けられた上、そこで出産したと推測された。

翌年、その農家で生まれた男子が、倫太郎である。

それから三年後、『武蔵屋』という上駒込の植木屋を介して農家に渡されていた月々の世話賃の三両が打ち切られた。

その年は、耀蔵が婿養子として鳥居家に入り、家督を継いだ年と重なっていたことが判明した。

そのわけは分からないが、隠し子の母親への送金を婿養子先の金箱から出すのを耀蔵が憚ったか、親子の繋がりを断り捨てたということだろうと思われた。

それがきっかけで、農家は浪江母子の世話を嫌がるようになり、その後浪江は、『武蔵屋』の口利きで、倫太郎共々、女房に先立たれた飯屋の男の後妻となったのだ。

倫太郎はそこで義父にもその倅にも馴染めなかった。

その後、義父と義弟に怪我を負わせた倫太郎だが、なぜかすぐに放免となり、その後の消息がつかめないということまでは、小梅は治郎兵衛から聞いていたことだった。

「その後のことが、今度の調べで分かったんですよ」

静かにそう口を開いたのは、鎌次郎である。

六

その後の倫太郎の消息が分かったと鎌次郎が言うと、

「その前に、一寸酒でも口にしようじゃねぇか」

そう言い出した治郎兵衛が、通徳利と湯呑を人数分出すと、小梅が湯呑に注いで長火鉢の縁に並べた。

「そいじゃ、ま」

治郎兵衛の声で、それぞれが湯呑に口を付けた。

「あとは勝手にやってくれ」

「へい」

鎌次郎と丑蔵が返事をすると、

「その後しばらく、倫太郎は土地のならず者たちと、板橋宿で餓鬼みてぇな悪さをしながらふらついていたんですがね」

丑蔵が話を本題に戻した。

倫太郎が加わったならず者の一団は、板橋宿にいくつもあったならず者の一団のひとつと敵対した末に抗争へと広がったが負けた。

八人いた仲間が四人に減ると、板橋には居られず、千住宿へと流れたという。

「どの宿場に行ったたって、ならず者はおりますよ。よそ者が入ってくりゃ、稼ぎを減らしたくねぇから追っ払おうとするもんだ」

「うん」

治郎兵衛が、丑蔵の話に相槌を打った。

千住に移った倫太郎たち四人は、相変わらず他のならず者たちとの諍《いさか》いが絶えなかったと丑蔵が話を続ける。

翌、天保八年には、倫太郎は二十になった。

しかし、敵対するならず者たちとの激しい抗争を続けていたその年、刃傷沙汰《にんじょうざた》が起きて倫太郎の仲間の一人が死んだ。

死人が出たことで他の仲間は逃げてしまったが、逃げ遅れた倫太郎は役人に捕えられた。

その時、倫太郎の請け人である植木屋『武蔵屋』の五代目、耕左衛門《こうざえもん》が宿役人に呼ばれていたことを、鎌次郎と丑蔵は、此度の調べで突き止めたのである。

上駒込へ行った二人は、母親の縁者に頼まれてその後の倫太郎の消息を追っていると偽りを告げると、五代目の耕左衛門が応対してくれた。

それによれば、倫太郎とその母親の請け人になっていたのは先代の耕左衛門だったので、成人した倫太郎の顔を見たのは千住へ行った時が初めてだったという。

耕左衛門はさらに、二人きりになった倫太郎から改名することにしたと打ち明けられたのである。

「前々から、倫太郎という武家のような名はいやだったから、今日からは小三郎と名乗りますよ」

倫太郎はそう言うと、死んだ仲間の名を自分の名にして、死んだ者を倫太郎ということにするのだと耕左衛門に告げていたのだ。

小梅は思わず「あ」と口に出しかけたが、声にはせず、息を呑んだ。

改名することを承知した当代の耕左衛門は、小三郎と改名した倫太郎が千住の宿役人のもとに留め置かれていることを材木問屋『日向屋』の勘右衛門に知らせたという。林家で孕んだ浪江の引受先を、勘右衛門が先代の耕左衛門に頼んだという因縁が『日向屋』と『武蔵屋』にはあったのである。

鎌次郎と丑蔵はそこで、小三郎と改名した男が、請け人となった深川の材木問屋『木島屋』の甚兵衛に引き取られたということを知った。

小梅は、梅見の夜、自分に匕首を向けて襲いかかったあの小三郎が、江戸の多くの人々から恨みと怒りを向けられている南町奉行の鳥居耀蔵の落とし子と知って、ひとつ大きく息を吐いた。

そしてすぐ、

「やっぱり、倫太郎は死んでいましたか」

小梅が呟きを洩らすと、

「やっぱりとはなんだい」

治郎兵衛に問われた。

小梅は、倫太郎の消息を知ろうと、『薬師庵』の常連であるお菅という拝み屋に頼んで神の御託宣を聞いたところ、「倫太郎は死んでいる」とのお告げがあった顚末を打ち明けた。

「しかし、その拝み屋は大したもんですぜ、治郎兵衛さん。いかさまにしろ、死んだことにすりゃ、そいつの居場所は極楽か地獄のどっちかだから捜しようがなくなっちまう」

鎌次郎は笑みを浮かべてそう言うと、

「その後の小三郎の動きは、小梅さんもご承知のことですよ」

笑みを消した顔を向けられた小梅は、頷き返した。

「だけど、材木問屋の『日向屋』や『木島屋』が、鳥居耀蔵の落とし種の小三郎を守るように動いているのはどうしてなんでしょうね」

小梅が首を傾げると、

「町奉行に恩を売っておけば、あとあと役に立つという算盤を弾いたのかもしれねぇ」

そう断じたのは丑蔵だった。

「小三郎が倫太郎だってことを、鳥居耀蔵は知ってるんだろうか」

独り言のように小梅が呟きを洩らすと、

「それは分からないねぇ」

鎌次郎が返事をすると、それに丑蔵が相槌を打った。

「もし鳥居が知っているとすれば、悩ましい厄介ごとを抱えてしまったということになるね。板橋宿のならず者たちのなかで生き、千住じゃ刃傷沙汰まで起こした連中と荒れた暮らしをしていた倅だ。いつなんどき、危ないことをしでかすか、知れたもんじゃないからね」

「いや鎌次郎、小三郎はもはや、少なくとも人ひとりは殺してると見ていいな」

治郎兵衛が口にした人ひとりというのは、おそらく弥助のことだろう。

「とすれば小三郎がてめぇの落とし種だと知ろうが知るまいが、鳥居耀蔵はとっくに厄介ごとを抱えてるよ。誰の差金《さしがね》かは知らないが、『油堀の猫助』の子分だった『賽の目の銀二』と組んで、小梅さんと関わりのある清七さんに近づいたのも、なにやら疑わしいじゃありませんか」

丑蔵の言うことは、小梅にも頷ける。

「小梅よぉ、おれはどうも、誰かに嵌められたようだ。ということは、去年のあの火事には、おれは一枚嚙まされたってことなんだぜっ」

そんなことを口にした数日後、清七は死んで汐留川に浮かんでいたのだ。

小三郎と組んで辰治と名乗り、清七に近づいた『賽の目の銀二』は何者かに刺されて死んだ。

小三郎の主だった材木問屋『木島屋』の甚兵衛をはじめ、『賽の目の銀二』が出入りしていた『油堀の猫助』も何者かに斬り殺されたのだ。

もし、小三郎をこの世から消したとしても、秘密を握っている材木問屋『日向屋』の勘右衛門の存在が、鳥居耀蔵には生涯の重荷となるにちがいないと、小梅は思い至った。

「どっちにしても、鳥居は疫病神に取りつかれる定めさ。頭の痛いことにね」

そんな口を利いた丑蔵は、冷ややかに小さな笑い声を上げた。

「もしかすると、鳥居耀蔵様は頭痛持ちかもしれません」

丑蔵の話から思い出したことを切り出した小梅は、

「『日向屋』の口利きで、一二度ばかり鳥居様の療治に行ったことがあります。その時、首と肩に灸を据えたけど、時々、頭が重くなるのだと口にしておいでですたから」

と明かした。

「話を聞けば聞くほど、鳥居という男は些細なことがいちいち気になってしまうようだね。豪胆に見せたり、人を見下した物言いをしたりする奴に限って気苦労が絶えず、気力をすり減らすのさ」

鎌次郎がそう断ずると、

「あれだな、酷薄非道なふるまいをするのは、頭に抱え過ぎた苛々を紛らす処方なのかもしれねぇなぁ」

治郎兵衛がそう受けて、湯呑に残った酒を一気に飲み干した。

七

治郎兵衛の住まう『左吉店』界隈は、静かである。

葺屋町、堺町に芝居小屋があった時分は、『左吉店』のある元大坂町あたりまで、芝居町の賑わいが届いていたものだが、今はその名残もない。

先刻から飲んでいた酒が回って、小梅は心地よく酔っていた。

「治郎兵衛さん、わたしのために動いてくれる鎌次郎さんと丑蔵さんとは、顔を合わせることはないということだったのに、今夜はどうして」

胸に引っ掛かっていたことを治郎兵衛に問いかけると、

「小梅さんに、一度会いたいと言い出したのは、わたしらなんですよ」

鎌次郎が笑みを向けると、丑蔵が頷いた。

「さっきも言ったが、以前、近くの夜道ですれ違った時、なんだかわたしら、今の娘さんが治郎兵衛さんから聞いていた小梅さんじゃねぇかと思ったんだよ」

「あの時の姿形はきりっとしてた。そのあと、鎌次郎さんと夜道を歩きながら、おれたちは、あの娘さんのために働くんだと思ったら、なんだか嬉しくなっちまったんだよ」

鎌次郎の話のあとに丑蔵が口を開くと、治郎兵衛が、

「あんな娘さんの気を重くしていることがあるなら、なんとか軽くしてやろうじゃねぇかてんで、この二人はよく働いてくれたんだよ」

そう言い添えた。

するとと、鎌次郎と丑蔵は小梅に向かって微笑み、頷いた。

「おれらの頼まれ仕事も、どうやらこの辺りで一段落のようだから、最後に小梅さんに会って、わたしらの仕事に満足してもらえたかどうか、直に聞いてみたかったんですよ」

少し改まった鎌次郎から、そんな言葉が飛び出した。

すると、小梅は両手を膝に置くと、

「お二人が調べてくだすったことを治郎兵衛さんから聞くたびに、さぞご苦労を掛けてるんだろうなって、ありがたいことだと思っていました。ですからわたしも、出来ることなら直に会って、ひと言お礼を言いたいと願ってました。本当なら、方々に行っていただいたようだから、それに掛かった費用も差し上げなきゃいけないのでしょうけど」

「いや、そのことは気にしないでいいんだよ」

小梅の言葉を遮った鎌次郎は、

「わたしら二人、『鬼切屋』の治郎兵衛さんからいただいた大恩のほんの少しをお返ししただけなんだ。だから、何かあればまた、いつでも駆けつけるつもりですよ」

顔を伏せた小梅に、静かに語り掛けた。

その声音に、小梅の胸は熱くなって、思わず両手を突いた。

その弾みに、潤んだ眼から涙がひと粒、手の甲に落ちた。

静まった治郎兵衛の家の中に、鐘の音が低く届き始めたが、それは恐らく、五つを知らせる時の鐘だろう。

八

日除けの菅笠を被った小梅の頭上に、容赦のない日が射している。

座り込んでいる荷船の床板は焼け、照り返しも強い。

深川まで歩くよりは船の方が早いと思ったのだが、もはや取り返しはつかない。

元大坂町の治郎兵衛の家で、小三郎捜しなどをしてくれていた鎌次郎と丑蔵と対面した夜の翌日の二十八日である。

この暑さで通いの療治客の出足は鈍く、小梅とお寅は、昼前から暇を持て余していた。

そんな時、堀江町入堀に近い小網町二丁目横丁の豆腐屋の若い奉公人がやって来て、出療治を頼んだのだ。

朝の暗いうちから豆腐を拵えていた豆腐屋の親父が、油揚げを作り終えた途端、作業場の水たまりで足を滑らせたのだという。

少し横になっていれば治るだろうと、親父は奥で寝ていたのだが、半刻（約一時間）前に起き出して、腰の痛みを訴えたので出療治を依頼したのである。

小梅は早い昼餉を摂ると、道具箱を提げて『薬師庵』を出たのだった。

豆腐屋の親父の腰は、足を滑らせた時に踏ん張ってしまったことで痛みが出てきたものである。

そういう時は、思い切って転んだ方が腰に無理が無くていいこともあるのだが、今さら言っても詮無いことだった。

四半刻ばかりで療治を済ませた小梅が豆腐屋を出た途端、ふっと足を止めた。

ここから深川なら、船を使えば歩くより早く行き来が出来るのではないか――そう思った途端、堀江町入堀の岸辺に立って、深川へ行く荷船を探した。

鎌次郎と丑蔵の二人が、小三郎というのが鳥居耀蔵の落胤、倫太郎だということを突き止めたことを、早く式伊十郎に知らせなければと思い立ったのである。

この日の夕刻、小梅は『加賀屋』のお美乃が仕立てる屋根船に乗り込んで両国の花火見物をすることになっていたのだが、浅草下平右衛門町にある船宿『玉井屋』の船着き場には、七つ（五時頃）過ぎに着けば間に合うと踏んでいた。

小梅が見つけた深川への帰り船は、都合がいいことに仙台堀から木場へと向かう小舟だった。

伊十郎の住む深川万年町二丁目に行くなら、北仙台堀河岸に船を着けてもらえば都合がいいことは、先日知った。

小船の船頭に煙草《たばこ》銭を二十文渡して礼をすると、海辺橋近くの河岸に上がった。

万年町二丁目と一丁目の間の道に入ると、『相生店』は左手にある。

「式様、ごめんなさいまし」

戸口に立って声を掛けたが、中から応答はなかった。

「式様」

もう一度声を掛けたが応答はなく、長屋の表へと足を向けた時、茄子と瓜を載せた笊を抱えた三十ばかりの女が木戸を潜って現れた。

「式さんを訪ねて来たのかい」

三十女が、首に掛けた手拭いで顔の汗を拭きながら声を出した。

「そうなんですけど、仕事にお出掛けのようですね」

小梅が返事をすると、

「あたしが出掛ける時、持ち帰ってた代筆の仕事が出来たって言って、代筆屋に行ったけどね」

「そうですか。でも、二つ三つの代筆屋さんを掛け持ちしてるはずだから」

小梅は、思案するように首を捻る。

「あたしもね、どこの代筆屋に行ったかは知らないけど、帰りに魚屋に寄ると言ってらしたから、大方、蛤町《はまぐりちょう》の『魚竹』で魚を買って帰るのかもしれないね。あ、でも、永代寺裏の蛤町じゃなく、式さんが行くのは、大島川の方の蛤町だよ」

「あぁ、あっちの」

そう口にしたものの、小梅は迷った。

「あぁそうだよね。『魚竹』に行っても、いつ立ち寄るかどうかも分からないねぇ。ひょっとしたら、行き違いってこともあるしねぇ」

「はい」

小梅は、三十女が口にしたことが気になって思案に暮れた。

「急用だったらここで待つ手もあるけど、それだって、すぐ帰るかどうかも分からないからねぇ。帰りはどこかの居酒屋に飛び込むってこともあるし」

「ありがとうございます。とにかく、蛤町の魚屋に向かうことにします。途中で行き合うかもしれないし、会えなけりゃまたということにしますから」

小梅がそう述べると、

「念のために聞くけど、お前さんの名は」

「日本橋高砂町の小梅と言います」

「小梅さんね。分かった。伝えておくよ」

「ありがとうございます」

三十女に頭を下げた小梅は、急ぎ表へと足を向けた。

万年町二丁目を後にした小梅は、深川寺町の通りを油堀へと向かい、永代寺門前を東西に貫く馬場通を目指した。

馬場通の一ノ鳥居近くを突っ切れば、大島川北岸に深川蛤町はあるのだ。

八つ（二時半頃）に近い刻限の日射しの照り返しが、菅笠を被った小梅の顔にまともに当たっている。

急ぎ足のせいか、体も顔もやけに火照る。

馬場通を突っ切った小梅は、深川蛤町一丁目と二丁目の間の小道を通り抜けて、大島川の岸辺に出た。

岸辺の左右に眼を向けると、黒船橋の先に、『魚竹』の看板を屋根の上に置いた平屋が見えた。

魚屋『魚竹』は、摩利支天宮《まりしてんぐう》の隣りにあったが、魚介を並べた店先には魚屋の親父とその女房らしい女が木箱に腰掛けて貝の身を剝いているだけで、客の姿はない。

「ごめんなさい」

小梅が声を掛けると、夫婦者が顔を上げた。

「あのぉ、昼過ぎに、三十過ぎのご浪人が魚を買いに来たかどうか覚えておいででしょうか」

　恐る恐る尋ねると、

「今日、浪人者は来てねぇな」

　親父から返事が飛び出すとすぐ、

「浪人者は、今日もだけど、昨日も誰一人来なかったじゃないかよ」

　女房が、親父の返答を正した。

「仕事中、手を止めさせてすいません」

　魚屋の夫婦に頭を下げて店先を離れた小梅は、摩利支天宮の横の道に入りかけた足をふと止めた。

　大島川の東方に架かる蓬萊橋が眼に入ったのだ。

　あの橋を渡った先には、居酒屋『三春屋』がある。

　小梅は、蓬萊橋の方へ足を向けた。

「帰りはどこかの居酒屋に飛び込むってこともあるし」

　さっき訪ねた『相生店』の三十女が口にした言葉を思い出して、「もしかして」という望みに賭けてみた。

蓬萊橋を渡った小梅は、居酒屋『三春屋』の戸口に立った。

暖簾は掛かっていないが、昼餉時の仕事を終えて、夜の仕込みをする中休みの時分である。

手を掛けると、戸は案の定するりと開いた。

「あら、小梅ちゃん」

顔を突き入れた小梅を見て声を出したのは、板の間の框に腰掛けて煙草を喫《の》んでいた千賀である。

「ちょっと近くまで来たもんだから」

小梅が店の中に足を踏み入れると、

「療治の帰りだね」

千賀は、小梅が提げている道具箱を見て微笑むと、煙管《キセル》を灰吹きで叩いた。

「貞二郎さんは二階に上がってるの」

店の中や板場の方に眼を向けた小梅が問いかけると、

「板場の常次《つねじ》さんは買い出しに行って、貞二郎さんは蕎麦を食べたいと言って、二ノ鳥居前の『志のぶ庵』に行ってる」

「そうかぁ」

そう言うと、小梅は千賀の近くに腰を掛けた。

「小梅ちゃん、今夜はどうするんだい。両国の花火」

「療治に行ってる先から、屋根船からの花火見物に誘われてるんです」

「そりゃ、豪勢だ。どこから乗り込むのさ」

「浅草下平右衛門町の船宿から」

「だったら、そろそろ『薬師庵』に戻らないと、支度出来ないんじゃないのかい」

「そうね」

小梅は、千賀の声に思わず腰を上げた。

「急いで歩くとこの暑さだ。疲れるからほんとは船の方がいいんだけどね」

「お千賀さん、そんな船、心当たりありませんか」

「いつもだったら我儘《わがまま》の言える船頭は何人もいるんだけど、今日は駄目だね。大川に船を浮かべて花火見物をしようっていう連中に頼まれて、荷船も猪牙船も駆り出されてるから、船頭たちは今頃、その支度で大忙しか昼寝の真っ最中だよ」

千賀が口にしたことは、小梅にも想像はついた。

「分かりました。日本橋の方に行きそうな船を探しながら永代橋に向かうことにします」

小梅が決意を述べると、

「その方がいいね」

そう答えて、千賀は腰を上げた。

居酒屋『三春屋』を後にした小梅は、再び蓬莱橋を渡って二ノ鳥居前で馬場通を左に折れた。

そのまま永代橋を目指して、その近くの河岸で乗せてくれそうな船を探すつもりである。

永代寺から八つを知らせる鐘の音が鳴り始めたのは、その時だった。

馬場通を一ノ鳥居の方へ急ぐ小梅は、前方を見てふと足を緩めた。

半町（約五四メートル）ばかり先を行く着流しの浪人の背中が、式伊十郎とよく似ているのだ。

小梅は、その浪人に追いつこうと足を速めた。

数間先を行く浪人が一ノ鳥居手前の横道に顔を向けると、その横顔が伊十郎だと分かった。

小梅が声を掛けようとした時、横道から飛び出した浴衣の女が、

「先生」

と声を張り上げて駆け寄り、伊十郎の右腕に自分の両手を回して引き留めた。

それを見て、小梅は咄嗟に足を止めた。

伊十郎の右腕を取った浴衣姿の婀娜《あだ》な女は笑みを浮かべ、頭を下げたり二ノ鳥居の方を指さしたりして、盛んに語り掛けている。

伊十郎にしても、笑顔で受け答えをしており、自分の腕を摑んだ女の手を外そうともしない。

女は盛んに横道に連れて行こうとしているが、伊十郎は片手を左右に打ち振って踏み留まっている。

しかし、女が二ノ鳥居の方を指さして何か言うと、女の指の先を見た伊十郎が、その眼を小梅に留め、口を、

「あ」

という形にした。

伊十郎と目が合った小梅は、咄嗟に身を翻し、先刻立ち寄った『魚竹』へ通じる小道に飛び込んだ。

深川蛤町の岸辺に立った小梅は、『魚竹』のある方とは反対の、深川大島町の方へ向けて足を速める。

伊十郎が追って来る気配はないものの、小梅は急ぐ。

永代橋まで行けば、大川の対岸に向かう荷船くらいは見つかるに違いない。なければ、永代橋を歩いて渡るほかあるまい。

深川中島町から大川の東岸に沿って急いだ小梅は、永代河岸に着くとすぐ、舫《もや》ってある小船を探す。

だが、いつもなら荷を積んだ荷船や空船があるのだが、それが見当たらない。

大川を上り下りする荷船も漁師の船も、忙しく通り過ぎていく。

ここでただ待つわけにはいかない――意を決した小梅は河岸を離れて、永代橋を霊岸島へ向けて渡り始めた。

今からなら、八つ半（三時半頃）には家に帰り着く。

汗を拭いて、髪を整え、着替えを済ませて『薬師庵』を出れば、七つ半（六時頃）には浅草下平右衛門町の船宿『玉井屋』には間に合うはずだ。

カツカツカツと、下駄の音をさせて橋の真ん中あたりまでは進んだ小梅だが、とうとう立ち止まった。

橋の上りを急いだせいで息を切らしてしまった。

こんなことになるのだったら、深川になんか行くんじゃなかった――橋の欄干に凭《もた》れた途端、

「あぁあ」

ため息交じりの声を吐いた。

深川に行きさえしなければ、伊十郎にまとわりつく女の姿を見ずに済んだのだ
――そう思った時、小梅は、何か説明のつかない胸騒ぎに襲われた。

どうして、伊十郎とあの女を見たことであたふたしているのか。

首を捻って足元に眼を向けた小梅は、芝の方からやって来た屋根船が、笛や太鼓を鳴らしながら大川の上流に向けて橋の下に消えるのを見送った。

「もう、いい」

胸騒ぎのわけを考えるのを打っちゃっておくことにして、小梅はまた歩き出した。

今夜は、大空に咲く光の花を見るのだ――胸の中で前向きな言葉を吐いた。

「それで、今日の憂さを晴らすのだ」

とも、言い聞かせた。

第四話　小三郎

一

五月二十八日は恒例の大川の川開きだった。

例年、この頃になると江戸は梅雨も明けて、夏の盛りとなる。

月が替わって六月一日になったこの日、『灸据所　薬師庵』の療治場や居間では、川開きの話で持ちきりとなった。

川開きの夜は、箔屋町の箔屋『加賀屋』のお内儀が仕立てた納涼の屋根船が、櫓を漕ぐ船頭の佐次によって大川に乗り出した。

その船には、『加賀屋』の内儀のお美乃、娘のおようや親戚の娘が二人乗り込み、招かれた小梅も花火見物に加わったのである。

療治にやって来た常連たちの話によれば、川開きの夜の両国橋も大川の両岸もかなりの混雑だったという。

その様子は、屋根船から小梅も眼にしていた。

大川に出て、船から花火を見たのは初めてのことだった。

納涼の船が川面を埋め尽くし、その船のあちこちから音曲が鳴り響き、三味線や太鼓の音にあわせて踊る芸者衆の姿もあった。

そんな船の間を、水すましのようにうろうろと動き回る〈うろ船〉と呼ばれる小船が、屋根船の者たちに酒や菓子を売ろうと、他の〈うろ船〉に先を越されまいとして諍いが起きるし、屋根船同士がぶつかって船頭同士の怒鳴り合う声が小梅たちの耳にも届いた。

だが、小梅たちの乗った屋根船にそんな災難が起きても、慌てることはないと思われた。

今は船頭を生業にしている佐次は、かつて『鬼切屋』という香具師の元締のもとで漢気《おとこぎ》を誇っていたから、少々の騒ぎを収める度胸と器量を持ち合わせていたのだ。

前年までは、両国橋を挟んで、上流からは花火師の『玉屋』が、下流からは『鍵屋』が交互に打ち上げており、その度に、多くの見物たちからは「たーまやー」とか「かーぎやー」という声が掛かった。

ところが先々月の四月、両国吉川町の『玉屋』が火を出して、町の大半を焼失させたという科《とが》で江戸払いとなり、今年の川開きの花火は『鍵屋』のみで敢行されたのだ。

それにも拘《かか》わらず、江戸を追われた『玉屋』への同情か、花火の技では『鍵屋』より優れていると評判だったことへの賛美なのか、夜空で花を咲かせた『鍵屋』の花火にも「たーまやー」の声が掛かったという。

節気では夏至なのだが、『薬師庵』の療治場は出入り口も縁側の障子も開け放されていて、風が良く通る。

その度に縁側の軒端に下げた風鈴を涼やかに鳴らすし、艾の煙を外へ流してくれた。

「しかしあれだねぇ、川開きの夜なんざ、柳橋あたりの芸者衆は大忙しだったんだろうねぇ」

そんなことを口にしたのは、療治を終え、居間で冷水を飲んでいた大工の丹造《たんぞう》である。

『薬師庵』の居間は、長火鉢のある待合所にもなるし、療治を終えた者がひととき茶を飲んだり世間話に花を咲かせたりする場にもなっていた。

今も、丹造をはじめ、人形屋の隠居の弥市《やいち》、それに療治の合間に一休みしていた小梅とお寅が長火鉢の周りについていた。

「いやいや丹造さん、そうとばかりは言えないよ」

やんわりと異を唱えたのは、柳橋近くに住む弥市だった。

「ご隠居、そりゃどういうことです」

お寅が尋ねると、水の入った湯呑を口に運んでいた小梅は手を止めた。

「柳橋の粋な芸者衆ってものは、川開きに押しかけて来る客を相手になんかしたくないんだよ」

弥市はおっとりとした口調でお寅に返答した。

「そりゃ、どういうわけでやす？」

丹造が身を乗り出して尋ねると、

「意地ってもんだよ。だってさ、年に一度だけやって来る、馬鹿騒ぎ目当ての客に付き合わなきゃならないってのは、芸を売る女としての誇りが許せないのさ」

「なぁるほどねぇ」

お寅が、弥市の話に大きく頷いた。

「粋を好む芸者の多くは、その日、素人女の装りをして柳橋を離れるんだよ」

「ほう」

丹造が弥市の話に関心を示すと、

「文人墨客が好むような根岸辺りに出掛けて行って、土地の料理屋で静かに過ごすっていうのが、例年のことらしいよ」

話し終えた弥市は、湯呑の水をゆっくりと飲み干した。

「来年はわたしも、柳橋のお姐さんに倣って両国界隈から逃げ出すことにするかね」

小梅が高らかに声を上げると、

「根岸へかい」

「飛鳥山《あすかやま》とか王子の滝とか、この時季なら品川の海の方もいいかもしれないよ」

お寅の問いかけに答えた小梅が遠くを見るような眼をした。

「そんなことしたら、お前の行った先がかえって騒がしくなりはしないか、それが心配だよぉ」

すかさずお寅が茶々を入れると、

「小梅ちゃん一人じゃ騒ぎは起きねぇよ。お寅さんも加われば別だがね」

「おい、丹造」

お寅が低い声で凄むと、

「水をご馳走さん」

丹造は素早く腰を上げた。

二

間もなく九つ（正午頃）の鐘が鳴ろうかという頃おいである。

療治の後、居間で一休みしていた丹造が『薬師庵』を出て行くと、程なくして弥市も柳橋へ帰って行った。

その直後にやって来た針妙のお静は、小梅から四半刻（約三十分）ばかり、首と肩への療治を受けた後、たった今、家へと帰って行ったばかりである。

庭の縁に立った小梅が、艾の燃え滓などの落ちた薄縁を打ち振っていると、

「ごめんください」

いくらか武張った男の声がした。

「どちらさんでしょう」

居間を出たらしいお寅の声が、土間近くから聞こえた。

「式伊十郎ですが」

伊十郎の声がするとすぐ、戸の開く音がして、

「まぁ、どうぞ」

土間に招き入れるお寅の声もした。

小梅は、埃を払った薄縁を畳みつつ縁から療治場に戻り、出入り口近くで土間の様子に聞き耳を立てた。

「先日は、泊めていただいた上に朝餉まで馳走になり、改めて礼を申します」

「それでわざわざ」

お寅が訝しげな声を出すと、

「あの、小梅さんは」

「いますけど、何か」

「ちょっと、聞きたいことがあったもので」

やや戸惑ったような伊十郎の声がするとすぐ、

「小梅ぇ」

お寅の呼ぶ声が響いた。

「いま、片付けの最中だよ」

小梅はつい嘘をついた。

「そしたら、上がってください」

お寅からそんな言葉が出ると、ほどなく、伊十郎を伴ったお寅が療治場に入って来た。

「わたしに聞きたいというのはいったい」

道具箱の抽斗を慌てて開けた小梅は、そんな言葉を発して抽斗の中身を確かめ始める。

「いやぁ、先月の二十八日に、深川に来たのは、わたしに何か用でもあったのかと思ったもので」

伊十郎が口を開くと、

「いえ、あの」

小梅は返答に窮してしまった。

「え、お前、あの日、深川に行ったのかい」

「ほらあれ、小網町の方に出療治に行ったついでに、ちょっと」

お寅に聞かれてしどろもどろになってしまった小梅は、

「式さんすみません。ちょっと込み入った話がありますので、出来れば外に」

そう言うと、思い切って腰を上げた。

「お前、あたしに隠し事かい」

お寅の嫌味は気にせず、小梅は急ぎ療治場を出た。

小梅は単衣の着物に下駄履きという装りで、伊十郎の先に立っている。

お寅に、込み入った話があると言って『薬師庵』を出たのは嘘ではない。

だが、茶店でも菓子屋でも話せるようなことではないので、小梅は高砂町からほど近い三光新道にある三光稲荷を目指していた。

「先日は、長屋にまで来てわたしの行先を尋ねたようだが」

伊十郎が、小梅のすぐ後ろについて歩きながら声を掛けた。

「代書屋に行ってるらしいと聞いたので、又にしようかと思ったんだけど」

小梅が言い淀んだ物言いをすると、

「長屋の住人が、いつも行く魚屋のことを教えたようだが」

「聞きましたけど、あの日は柳橋から屋根船に乗って両国の花火を見ることになってましたので、急いで帰りました」

伊十郎の問いに、小梅は少し嘘をついた。

「しかし、馬場通で顔を合わせたのに、どうして逃げるように姿をくらましたんだね」

「婀娜《あだ》な女の人と、なにやらお取込みのご様子だったので」

小梅は、努めて事も無げな物言いをした。

「いやぁ、あれは代筆のお礼をされていただけだから、待っていてくれてもよかったんだよ」

伊十郎はそう言いながら、首の後ろを片手でポンポンと叩いた。

「そうとは知りませんから、お邪魔してもなんだと思ったし、それに、急ぎの話でもなかったもんですから」

そんな言い訳をしているうちに、小梅は小さな三光稲荷の敷地へと伊十郎を案内した。

刃物の『うぶけや』の裏手にある三光稲荷は、職人や小店の立ち並ぶ町家の中にあって、祠《ほこら》の周辺には葉の茂った木が立っており、日陰もあった。

「わたしの、というか、死んだお父っつぁんが若い時分から、以前両国で羽振りを利かせていた『鬼切屋』という香具師の元締と親しくしていたんです」

日陰になった祠の階《きざはし》に腰を掛けた小梅が、やはり日陰になっている祠の濡れ縁に腰掛けた伊十郎に話し始めた。

「その『鬼切屋』は、二代目で看板を下ろして、堅気の仕事を続けている三代目が『薬師庵』の近くに住んでおいでtoo でして。そこに、以前『鬼切屋』で働いていた男衆が何人か、時々集まって馬鹿話をしてるんです」

小梅の話に耳を傾けていた伊十郎が、小さく頷いた。

「その男衆の中に、おっ母さんとも死んだお父っつぁんとも親しくしていた、もうすぐ六十に手の届く、治郎兵衛さんという人がいて、うちのことや、わたしのことをいつも気にかけてくれてます」

そして、以前、伊十郎にも打ち明けたことのある、中村座から出た火事で顔に火傷を負って役者をやめざるを得なくなった恋仲の清七の話を持ち出した。

その火事に疑惑を抱いた末に、真相を突き止めると意気込みを見せた直後、不審な死を遂げていたことに触れると、

「その時、気落ちしていたわたしのために、治郎兵衛さんは、『鬼切屋』があった頃に知り合った二人の知人に頼んで、清七さんがなぜ死んだのかを調べてくれたんです」

小梅は伊十郎に明かした。

治郎兵衛が調べを頼んだ二人というのは、仮の名を鎌次郎と丑蔵というのだが、その名を小梅は伊十郎には伏せた。

小梅は、治郎兵衛を通して、それまで知り得た事実と推測を鎌次郎と丑蔵の二人

に伝えてもらったのだ。

その結果、小梅の話から材木問屋『木島屋』は材木問屋『日向屋』と繋がり、『日向屋』は、南町奉行の鳥居耀蔵と親密だということも知ると、治郎兵衛の知り合いの二人は耀蔵にも興味を抱き、その出自を調べたのである。

その調べから、耀蔵は鳥居家に婿養子に入る前に、林家に奉公していた浪江という女中に手を出して身籠らせていたのではという疑惑を知った。

二人はさらに調べると、滝野川の農家に預けられた浪江が翌年男児を産み、倫太郎と名付けられたことも突き止めたのだ。

しかも、その世話賃を出していたのが林家だったと思われることから、倫太郎というのは、鳥居耀蔵の種だと推測出来た。

しかし、浪江母子には苦労が重なり、浪江が後妻に入った飯屋の義父やその倅と倫太郎は折り合いが悪く、倫太郎は十三で住込み奉公に出された。それから三年後、十六の年に死んだ母親の死に目にも会えなかった。

「悶着を繰り返していた倫太郎は、とうとう板橋を逃げ出して千住宿に流れたんだけど、二十になった天保八年、仲間と徒党を組んでいた倫太郎は、千住のならず者たちとぶつかって、仲間の一人を死なせる抗争を起こし、役人に捕まってしまったんですよ」

「うん」

伊十郎は、小梅の話に声を洩らした。

「他の者たちは逃げて、一人役人に捕まった倫太郎は人別を問われると、請け人になっていた上駒込村の植木屋『武蔵屋』の主、耕左衛門の名を口にしたんです。請け人になっていた『武蔵屋』の先代は死んでいて、千住に来たのは五代目でしたが、倫太郎はそこで二人きりになった五代目に、倫太郎という名を改めると告げたそうです」

「なに」

伊十郎が眉をひそめた。

「その名が、抗争の末に殺された仲間の名、小三郎だったんですよ」

「なんと！」

伊十郎の口から驚きの声が飛び出し、

「ということはつまり、材木問屋『木島屋』の手代だったあの小三郎が、鳥居耀蔵の落とし種ということか」

　くぐもった声には、伊十郎の驚きが籠っていた。

「だけど、調べてくれた人の話によれば、小三郎本人がそのことを知っているかどうかは分からないということです」

「で、鳥居の方は小三郎のことは」

「さぁ。それもなんとも」

　そのことは確かめようもなく、小梅はただ首を捻った。

「だけど、鳥居耀蔵は材木問屋『日向屋』から、深川の家を借り受けて別邸にしているし、その落とし種の小三郎も『日向屋』の大きな傘の下で雨風を凌いでるのは間違いありませんよ」

「うぅん」

　軽く唸った伊十郎は、胸の前で腕を組んだ。

三

三光稲荷の階に腰を下ろした小梅と、祠の濡れ縁に腰掛けて腕を組んだ伊十郎から声が途切れた時、

「しゃっこーい、しゃっこい、しゃっこーい、しゃっこい」

稲荷の前を、前後に水桶を下げた天秤棒を担いだ冷水売りが、声を上げて通り過ぎて行った。

「この前、『浮世亭豆助』さんの噺を聞いた何日か後、療治を頼まれて深川の『笹生亭』に行ったんですよ」

「鳥居に灸を？」

「使いをよこしたのは、いつも通り『日向屋』でした。それで、昼過ぎに向かったら、何人かの供回りの付いた鳥居家の乗り物が『笹生亭』から出て行って、留守を預かる下男から療治は取りやめだと言われたんです」

小梅がその時のことを明かすと、

「それで？」

声は低かったが、伊十郎のもの言いには関心を示す響きがあった。

「しょうがないから引き返しましたよ。そしたら、永代橋を渡り切った辺りで、

『笹生亭』から出て行った乗り物が大川端町の方に曲がるのが眼に入ったもんだから、そっと付けました」

「大川端と言ったら、『日向屋』の隠居所があるのでは」

「はい」

小梅が頷いた通り、大川端町には『木瓜《ぼけ》庵』という、『日向屋』の主、勘右衛門の持ち家があるのだった。

『笹生亭』から出た乗り物が道を進むと、『木瓜庵』の方から空の乗り物が来てどこかへ去って行ったのだが、その乗り物の担ぎ棒に『立ち澤瀉《おもだか》』の紋があったのを見たと小梅が言い添えると、

「その家紋は――」

小さく口にして、伊十郎は思案するように天を仰いだ。

「わたしは、水野家の家紋と思いましたが」

「おぉ、そうだよ。老中、水野越前守だよ。ということは、急遽呼び出された鳥居が、『日向屋』の隠居所で水野越前と顔を合わせたということかっ」

伊十郎は、膝を叩いて一人合点すると、腰掛けていた濡れ縁からいきなり下りて、

思案でもするように、祠の前を行ったり来たりし始める。

「贅沢と娯楽を厳しく取り締まる水野と鳥居のやり口に、市中の者たちから怒りと恨みと悪評が向けられているということが気懸りになったということかもしれん。二人が推し進める改革は、町のあちらこちらに貼られている川柳や狂歌でさんざん虚仮《こけ》にされてるからな」

そう口にした伊十郎は、「うん」と唸って足を止めた。

そして、

「芝居の衣装が華美だとか、寄席の場を少なくした上に滑稽噺はご法度だとか、みんなの楽しみを奪うばかりか、法を破れば苛酷な罰を下すという改革への憤懣《ふんまん》が溜まりに溜まって、破裂寸前だということにやっと気づいたのかもしれん。大体、女髪結いが髪を結ってやっても稼ぎは僅か十六文（約四〇〇円）だ。それを三十日六十日の手鎖にするというお上のなさりようは酷薄非道という声が高まっていることに、あの二人もここへきて不安を抱いたのかもしれぬ」

そう言いきって、小梅に眼を向けた。

それに釣られたように、小梅は腰を上げ、

「それで、『木瓜庵』で急な話し合いになったというわけですか」

伊十郎に問いかけた。

「おそらくな。浮世亭豆助の噺も、二人を追い詰める役に立ったのかもしれん」

「はい」

小梅は伊十郎の言葉に相槌を打つと、

「石を投げつけてみないと、水に波紋は立ちませんからね」

小さく頷いた。

「あぁら小梅ちゃん、こんなところで逢引きかい」

いきなりそんな大声を出したお萱が、赤い鳥居の外から好奇に満ちた顔を突き入れた。

「わたしはこれで」

伊十郎はそう言うと、お萱の横をすり抜けて逃げるように去っていく。

「わるいことをしたねぇ」

お萱は小梅の顔色を窺うように見た。

「お萱さんの拝みは大したものだね」

「いきなりなんだい」

「ほら、この前、人捜しを頼んだ時。その男は死んでるという神様の御託宣。当たってましたよ」

小梅がお菅の耳元で囁《ささや》くと、

「そりゃそうだよ。あたしの拝む神様は、よく当たるんだよぉ」

お菅は、どうだと言わんばかりに肩をそびやかした。

四

六月になって四日が経っている。

道具箱を提げた小梅は、午後の日を浴びて堀江町入堀の道を小網町の方へと歩を進めている。

大川の川開きは五月二十八日に済んだのだが、その余韻は月が替わってからも、巷や『薬師庵』に漂っていた。

花火見物の混雑の警備にと、他の町の目明かし共々駆り出された廐新道の目明かしである矢之助と、その下っ引きを務める小梅の幼馴染みの栄吉によれば、両国橋に近づいた途端、人ごみに行く手を阻まれて、二人ははぐれてしまったという。

そして、やっと顔を合わせたのは、翌朝の橋番所だったとも明かした。

昨日出療治に行った先の、小間物屋の若旦那は、両国の花火を見に行って腰を痛めていた。

その若旦那も、人ごみの中で仲間とはぐれてしまい、人を掻き分けながら進んだという。

しかし仲間とは行き合えず途方に暮れて天を仰いだところ、料理屋の二階の窓の敷居に、男と並んで腰掛けていた女の顔が眼に入った。

「お仙《せん》」

若旦那は思わず女の名を口にしたが、歓声にかき消されて相手には届かない。

「あの女はね、浮世小路の芸者だったんだが、おれは騙されたんだよ」

若旦那はそう嘆き、

「ううう」

小梅が据えた灸の熱さが堪《こた》えたのか騙された悔しさなのか、若旦那はうめき声を

たようだ。

　その芸者は、半年前、母の病が思わしくないので相模《さがみ》の在に帰ると若旦那に告げ
た。
　座敷の外では情夫として逢瀬を重ねてきた若旦那は、見舞金二十両（約二〇〇万
円）を渡して、江戸を去る芸者を高輪《たかなわ》の木戸で見送ったのだ。
　相模へ帰った筈のその芸者が、男と親しげに花火を眺めている様を見て、「騙さ
れた」と思った若旦那は、
「やい、お仙！　そこで待っていろっ」
　怒声を張り上げて料理屋の入り口を目指したという。
　しかし、人の波を掻き分けることなど容易ではなかった。
　ぶつかられたり家の壁に押されたりして、行き着いたところは料理屋からかなり
離れた馬喰町《ばくろちょう》の初音馬場《はつねばば》通《どおり》だった。
　そこで初めて、若旦那は自分が裸足になっていると知り、浴衣の帯も無くなって、
褌《ふんどし》姿をさらしていることに気付いたのだ。
　悔しさと情けなさ、それに、腰の痛みに耐えながら、やっとのことで堀留の我が

家に帰り着いたのだと告白して、若旦那は腹這ったまま、大きなため息を洩らした。

小梅は療治の終わりに、今後も何度か療治を続けるように勧めて帰ってきたのだが、今日、灸の依頼が来ていないところを見ると、若旦那の痛みは薄らいだのかもしれない。


大川の川開きが済むと、三日後の六月一日は富士の山開きとなって、今日も江戸のあちこちで、白装束に草鞋《わらじ》履きという男の一団が見られる。

富士山を目指す富士講の一行である。

駿河《するが》国の富士山に行けない江戸の者たちは、江戸の各所にある『お富士さん』と呼ばれる浅間《せんげん》神社に詣でるか、至る所にある富士塚に登るのが恒例である。

そんな者たちの往来で賑わいを見せている午後の小網富士の前を通った小梅は、鎧ノ渡から渡船に乗って茅場河岸に渡っていた。

茅場河岸に接する南茅場町から南端の八丁堀にかけては、町奉行所の与力や同心の組屋敷が立ち並んでいる。

茅場河岸に渡った小梅は、そこからほど近い楓川へと足を向けていた。

楓川に架かる海賊橋を渡って材木河岸をほんの少し南へ行けば、日本橋本材木町二丁目に材木問屋の『日向屋』があるのだ。

「昼過ぎの都合のいい時に、小梅さんに本材木町の『日向屋』においで願いたいと、主の勘右衛門が申しているのですが」

『薬師庵』の療治場で、お寅と二人で通いの常連客に灸を据えていた四つ半（十時半頃）時分、『日向屋』の使いが来て勘右衛門からの言付けを聞かされたのだった。

療治の依頼ではないということだから、用件が何かは見当こそつかなかったが、どんな話が出るのかが、小梅の興味を揺り動かしてしまったのである。

『日向屋』に来たら、店ではなく、建物の横に回って黒板塀の建物の勝手口から入ってもらいたいと言われていた通り、松や白樫《しらかし》に交じって赤い花をつけた百日紅《さるすべり》の枝が見える塀に沿って裏手に回った。

板塀の勝手口から中に入った小梅は、開け放された戸口に立った。

「ごめんください。『灸据所　薬師庵』から参りました」

声を掛けるとほどなく、

「はぁい」

という女の声がすると、前掛けをした若い女中が足早にやって来て、土間の上がり口に膝を突いた。

「小梅さんですね」

「はい」

小梅が返事をすると、

「お名は伺っていますから、どうぞ、お上がりください」

女中は左の掌を上にして、廊下の奥の方へ向けた。

下駄を脱いで土間を上がると、先に立った女中に続いて進み、廊下の角を二つ曲がった先の、障子の開けられた六畳の部屋に通された。

「少しお待ちください」

廊下に膝を突いていた女中はそう言って軽く頭を下げると、その場を離れて行った。

庭に面した部屋の障子は開けられ、植栽の葉が日を浴びてきらきらと輝いている。

時々、他の場所からちょきちょきと鋏《はさみ》の音がしている。

庭のどこかで木が剪定《せんてい》されているのかもしれない。

「待たせましたね」

聞き覚えのある声がして、庭を向いていた小梅は慌てて体を回すと、床の間を背に座った勘右衛門と向き合って膝を揃えた。

するとすぐ、先刻の女中よりも年かさの女中が茶と羊羹《ようかん》の皿を小梅の前に置いて部屋の隅に下がると、体の脇に風呂敷包みを置いて、その場に控えた。

「ま、茶でもお上がりなさい」

「ええ、はい。でも」

小梅が口籠《くちごも》ると、

「そうだね。今日の用件も言わずに茶をと言っても、すぐには喉も通りませんね」

勘右衛門は笑みを浮かべた。

「今日来てもらったのは、先日の詫びをしようと思ったからですよ」

「詫びといいますと」

小梅は小さく首を捻った。

「先日は、『笹生亭』への療治を頼んでおきながら、無駄足を踏ませてしまって」

「あぁ」

大きく頷いた小梅は、

「気になさることじゃありません。そういうことは、たまにあるんですよ。何日も前に頼んでいた出療治を忘れて、墓参りに行ったとか、町の碁会所に出掛けたとか」

「これは些少《さしょう》だが、詫びの印だよ」

笑って話を遮った勘右衛門が、袂から取り出した小さな紙包みを小梅の前に置いた。

「いえ、それは困ります」

「そんなことを言って、『笹生亭』の下男にも一分（約二万五〇〇〇円）を突き返したそうだが、腕のいい灸師さんに愛想をつかされると、こちらが困るのだよ」

笑みを湛《たた》えた勘右衛門は、終始、小梅を見てそう述べた。

「そうですか。そうまで仰いますなら、遠慮なく頂戴いたします」

頭を下げた小梅は、畳に置かれた紙包みを押し頂くと、自分の袂に入れる。

勘右衛門が、部屋の隅に目配せをすると、控えていた女中が風呂敷の包みを手にして立ち、小梅の前に置いた。

「それは、わたしが気に入っている菓子屋の饅頭だが、家の人と食べてもらおうと思ってね」

「それは、ありがとうございます」

小梅は素直に頭を下げると、

「わたしは他に用があってここを外しますが、あんたは羊羹でも食べてゆっくりしておゆきなさい」

そう言って、勘右衛門が立ち上がった。

「それじゃ、おゆう、後を頼みますよ」

そんな言葉を控えの女中に掛けて、勘右衛門は部屋を出て行った。


小梅が、黒板塀の勝手口から横道に出ると、

「お気をつけて」

勘右衛門からおゆうと呼ばれた女中が後から出て来て、小さく腰を折った。

小梅が表通りに歩き出してすぐ後ろを振り返ると、おゆうは板塀の中に消えたところだった。

小梅は先刻、勘右衛門が部屋を出るとすぐ、茶にも羊羹にも手を付けずに腰を上

げようとした。

すると、

「その羊羹は紙に包みますから、お持ち帰りください」

おゆうは気を利かせると、懐から出した紙に三切れの羊羹を包み、小梅に持たせてくれたのだ。

羊羹も饅頭もお寅の好物だから、きっと喜ぶに違いない。

その様子が眼に浮かび、つい笑みを浮かべて歩く小梅は、ふと足を止めた。

『日向屋』の塀の中で、立て掛けた梯子に乗った半纏《はんてん》の男が、松の木を剪定しているのに気付いたのだ。

小梅が眼を留めたのは、植木職人の半纏の襟に染め抜かれた『上駒込　武蔵屋』という文字だった。

鳥居耀蔵の落とし種である倫太郎の請け人になっていた『武蔵屋』は、出入りの植木屋として、以前から『日向屋』とも繋がりがあったということなのだろう。

五

『日向屋』から貰った菓子の包みを持った小梅は、材木河岸を江戸橋広小路へと向かっていた。

江戸橋を渡ったら伊勢町堀に架かる荒布橋から照降町へ向かうつもりである。

日本橋川の両岸にある魚河岸をはじめ、木更津河岸、地引河岸などは、いつも朝の暗いうちから多くの者たちが声を張り上げて動き回って活況を呈しているのだが、昼を過ぎた河岸はもぬけの殻のように静まり返っている。

しかし、人けが無くなったわけではない。

荷船の往来はあるし、荷を運ぶ人足たちの姿があった。

江戸橋を渡った小梅は荒布橋へと向かいかけた途端、ふっと足を止めた。

対岸の小舟町から橋を渡って来る女が、お園だと気付いたのだ。

いつもの針売りの装りではないお園が、橋の袂に立つ小梅の近くで足を止め、

「『薬師庵』に行ったら、あんたは本材木町の『日向屋』だと聞いたもんだから、

そっちに向かってたところでね」

穏やかな口調でそう言うと、小さな笑みを零《こぼ》した。

小三郎に会えないと口にして、暗い顔で嘆いていた時分のお園とは、大分様子が変わっていた。

小梅のそんな心もちに気付いたのか、

「ついこの前、小三郎の方から浅草の家を訪ねて来てくれてね」

お園は照れを隠すように体を回すと、袂の欄干に近寄って川面を向いた。

小梅もお園の近くに行って、並んだ。

「あの人、何かと忙しかったんだと言っていたわ。ほんとかどうか知らないけど」

言い終わったお園は、片方の口の端を動かして、小さく「ふふ」と笑い声を洩《も》らした。

「あんたが会いたがっていることは、言っておいたわよ」

お園が、幾分投げやりな口を利くと、

「それでなんて」

気負い込んだ小梅は、さらにお園に近づいて問いかけた。

「小三郎はなんにも言わなかったけど、どうやら聞きたいことがあるらしいとは伝えたわ。何が聞きたいかは知らないと言っておいたけど、それでよかったんでしょう？」

「ええ」

頷いた小梅はすぐに、

「それで、会うともなんとも言わなかったのかい」

そう問いかけると、お園の顔を覗き込んだ。

「聞いてみるけど、小三郎から返事があれば、また知らせるよ」

お園はさらりと返答すると、魚河岸の通りを日本橋の北詰の方へと足を向けた。

江戸橋の袂でお園と別れた後、小梅は荒布橋を渡って堀江町入堀を越して、かつて芝居町と言われていた葺屋町と堺町の通りを『薬師庵』の方へ向かっていた。

大門通の辻をまっすぐ突っ切ろうとした時、

「小梅さん」

聞き覚えのある男の声に足を止めた。

竈河岸《へっついがし》の方から扇子の風を顔に当てながらやって来たのは、北町奉行所の同心、大森平助だった。

「出療治の帰りというわけじゃなさそうだ」

「ええ、ちょっとした用でして」

小梅が微笑むと、

「例の、弥助殺しの件だが、矢之助はじめ他の目明かしたちにも調べさせてるが、皆目手掛かりがないんだよ」

大森は、まるで小梅に詫びるような物言いをした。

「死体は大川の中洲に引っ掛かっていたから、弥助を投げ込んだのは霊岸島より上流の両岸だろうが、それがどこなのかも分からんのだ」

そう吐き出すような声で言うと、一旦煽ぐのを止めていた扇子を、せわしく使い始めた。

「『雷避けのお札売り』の弥助の死体は、鬼の角を付けた鉢巻きが頭に巻いてあって、背中には小さな太鼓を付けた輪っかを背負ったまま中洲で見つかったんだから、殺された時もその恰好をしていたことは間違いないんだ」

「はい」

小梅は、大森の推量に相槌を打った。

「そんな装りをした弥助が、何者かと争っているのを見た者が居たら、どこかの自身番に届け出るはずなんだが、いまのところ、それもない。いや、各町の自身番は、死体で見つかった時の弥助の装りを記した貼り紙をしてあるから、そのうち誰か知らせる者が出て来るとは思うんだがな。あぁあ、遠山様がお奉行でおられたなら、いい知恵を下されたかもしれんのになぁ」

言い終わった途端、大森は扇子を畳み、自分の頭を軽くポンと叩くと、

「それはそうと、小梅さんは式伊十郎殿と会う折はあるかね」

そう問いかけられて、小梅は一瞬迷った。

改革を推し進めているお上をこき下ろしたり、悪口を滑稽噺にしたりして客を集めていた噺家、『浮世亭豆助』と深く関わっていた伊十郎なので、どう返事をすればいいのか躊躇したが、

「深川の蓬莱橋近くの『三春屋』の女将さんから聞きましたけど、そこには、時々顔を出しておいでのようです」

「居酒屋に通っているのなら、少しは実入りもあるのだな」

大森が独り言のような物言いをすると、

「はい。なんでもこのところ、幾つかの代書屋からの仕事を受けて、忙しくしているようですけど」

「あぁ、そりゃよかった。もし式殿と顔を合わせるようなことがあれば、いつか一献酌み交わしたいと、大森がそう言っていたと伝えてくれないか」

「はい。分かりました」

小梅が頷くと、大森は軽く右手を上げ、小伝馬町の方へと足を向けた。


朝餉の後に煮たてていた麦湯の入った鉄瓶を手に、台所から居間に戻ってきた小梅は、長火鉢の猫板に置いた二つの湯呑に冷めた麦湯を注ぎ入れる。

その傍らにはお寅が膝を揃えており、神妙な様子で背筋を伸ばし、猫板に置かれた饅頭の並んだ菓子箱と紙の上に載った三切れの羊羹、そして一分銀（約二万五〇〇〇円）に見入っている。

一分銀は『日向屋』の勘右衛門から貰って来た足代であり、饅頭と羊羹も帰りに持たせてくれた代物だった。

「おっ母さん、なにを睨んでるんだい」

小梅は、お寅の前に湯呑を置くとすぐに声を出した。

「日本橋室町の菓子屋『明石《あかし》』の饅頭に、無駄足させたというお詫びの一分だよ。ありがたいじゃないか」

「麦湯も注いだし、いただくことにしようよ」

小梅が饅頭に手を伸ばした途端、その手をピシリとお寅が叩いた。

「なんだい」

「こんなに気を遣ってくださる『日向屋』さんのような大店《おおだな》があと四、五軒、『薬師庵』の御贔屓になってくれると大助かりなんだがね」

菓子と一分銀を見たまま、お寅はしみじみと口にする。

「とにかくお前、この『日向屋』さんは大事におしよ」

「あ、うん」

小梅は、曖昧な返答をした。

鳥居耀蔵と関わりの深い『日向屋』の勘右衛門との今後がどうなるか、先行きの不透明さが返事を鈍らせてしまったのだ。

「さ、食べよう」

そう言うと、お寅は饅頭を摘まんで齧《かじ》る。

小梅は、持ち帰った羊羹を口に入れる。

二人は、ひとしきり口を動かして飲み込むと、

「さすがに旨いねぇ」

「そうかい。羊羹も美味しいよ」

小梅は、紙に載った羊羹をお寅の方に押しやった。

「だけどお前、ここのとこ『日向屋』さんから出療治の口がよく掛かるけど、そのたんびに療治代とは別に過分のおあしを貰ってるなんてことはあるまいね」

疑《うたぐ》るように小梅の顔を覗き込んで、お寅が声を低めた。

「おっ母さん！」

「冗談だよ冗談」

お寅は、小梅の剣幕に慌てて片手を左右に打ち振った。

「冗談にもほどがあるんじゃないのかい。そんなに信用が置けないっていうなら、

おっ母さんも出療治に行けばいいじゃないかっ」

　そう言い放つと、小梅は湯呑の麦湯を一気に飲み干す。

　するとすかさず、鉄瓶を持ったお寅が小梅の湯呑に麦湯を注ぎ始めた。

「あたしが出療治に行ってもいいけど、夜道なんか、足をもつれさせて浜町堀に落ちたりすると、かえってお前に厄介をかけることになるからさぁ」

　そんな言い訳を口にしながら、残っていた羊羹を摘まんで齧り、

「出療治って言えば、今夜、いいね」

　お寅は口を動かしながら、小梅を探るように窺う。

「踊りの師匠の上村《うえむら》とも須美《すみ》さんだろ」

「そそそ。神田紺屋町《こんやちょう》のお師匠さん。弟子に稽古をつけてる最中に腰を痛めたっていうから、年には勝てないのかもしれないねぇ」

　嘆かわしそうな物言いをしたお寅は、湯呑の麦湯をズズと音を立てて啜《すす》ると、

「しかしなんだね、神田紺屋町に今夜出療治なんて、酒落《しゃれ》が効いてるじゃないかぁ」

　自分の思いつきが気に入ったのか、ふふふと笑って、齧り残した羊羹を口に放り

込んだ。

六

神田と日本橋を分ける辺りを流れる竜閑川《りゅうかん》一帯は、暗くひっそりとしていた。月は出ているものの、流れる雲に覆われることが多く、その度に町の暗がりの闇が深まる。

まだ明るみの残る六つ（七時半頃）に神田紺屋町二丁目の踊りの師匠、上村とも須美の家に着いた小梅は、およそ半刻（約一時間）の療治を済ませて、紺屋町を後にして竜閑川に架かる地蔵橋を渡ったところである。

竜閑川の界隈は埋立地や蔵地があり、小さな店は戸を閉めていて、辺りを照らすのは常夜灯か時々顔を出す月明かりくらいしかない。

地蔵橋を渡って牢屋敷に近い大伝馬町に向かったところで、小梅は下駄を履いている足を止めた。

またしても、どこかから聞こえる足音が耳に届いたのだ。

その足音を、紺屋町を出た時分から聞いていたような気がしていた。

提げた道具箱を右手に持ち替えた小梅は、裁着袴を穿いた足を大きく動かして牢屋敷の西端を目指した。

小梅の耳には不規則に動いている足音がどこからか届いており、思わず小走りになった。

牢屋敷の西北の角地に着いた途端、左腕を摑まれた小梅は、牢屋敷の建物の窪みに引っ張り込まれた。

「何するんだっ」

怯むことなく声を張ると、

「なんだか、何者かが追っているような足音がしたもんだから」

聞き覚えのある声がして、腕を摑んでいた手が放された。

切れた雲の間から月明かりが射して、すぐそばにいる伊十郎の顔を浮かび上がらせた。

「何してるんですか」

小梅は思わず叱りつけた。

「いや、誰かに追われているようだったので」

伊十郎は慌てて弁明を口にした。

すると小梅は、

「追われていたかどうかは分かりませんが、足音が付けて来てるようだったので、つい」

そんな言い訳を口にしていると、乱れた足音が近づいて来るのが聞こえた。

その足音の主は、小梅と伊十郎が身を潜めている窪みの前の道を、惚けたように通り過ぎて行った。

「あ」

月明かりに浮かんだ男の顔を見て、小梅は声を殺して息を呑んだ。

「誰です」

「いささか、曰くのある知り合いでして」

小梅は、月明かりに浮かんだ顔の主が、神田鍋町の瀬戸物屋の倅、卯之吉だということを伊十郎に告げた。

そして、卯之吉は父親が『玄治店』に囲っていた女といい仲になった挙句、今、お玉というその女と金杉村に二人で住んでいる経緯を、手短に伝えた。

ところが、卯之吉がお玉の三味線の弟子といい仲になったことで、金杉村の家を追い出され、神田の幼馴染みの男の家に転がり込むことになった顚末まで付け加えた。

そんな話をしている間に、卯之吉の足音はどこかに消えてしまった。


牢屋敷のある小伝馬町を後にした小梅と伊十郎は、人形町通を銀座の方へと向かっている。

永代橋を渡って深川に帰るという伊十郎とは同じ道なので、小梅は途中まで同道することにしたのである。

葺屋町と堺町に芝居小屋があった時分は、夜遅くまで人通りがあったものだが、今はその面影はない。

「式さんは、このあたりで何をしておいでだったんです？」

小梅は、先刻から気になっていたことを尋ねた。

「先日、小梅さんから小三郎という男の生い立ちを聞いたあと、気になってね。いや、元は髪結いのお園さんが小三郎と懇《ねんご》ろになったとも知って、小梅さんが小三郎に会うようなことがあるかもしれんと、その」

「わたしが小三郎と会っちゃいけませんか」

「そうではなく、会う時は用心しなきゃいけないと、ひと言伝えようと思い立って『薬師庵』に行ったら、お袋様から神田紺屋町へ出療治だと聞いたもので」

「事情は分かりましたけど、小三郎と会う時は用心しろとはいったい――」

小梅が問いかけると、

「小三郎という男は、どうも剣呑な匂いがします」

伊十郎は正面を向いたまま、凛とした物言いをした。

「倫太郎を調べた人たちの話から、小三郎になったいきさつは知りましたから、それくらいのことは分かってます」

小梅は、伊十郎から心構えの不確かさを指摘された気がして、声を張った。

「もし会うことになっても、恋仲だった清七さんのことや、油堀の猫助の身内だった弥助が殺されたことは持ち出さないことです」

「わたしは、清七さんがどうして死ななきゃならなかったかってことを知りたくて小三郎を捜してたんですよ」

　小梅が思わず反発すると、

「小三郎に疑いを向けているなどと気付かれたら、相手はどう出るか知れたものじゃないと言ってるんです」

　立ち止まった伊十郎は、叱りつけるような口調で窘《たしな》めた。

「へぇ。心配してくれたんですか」

　小梅は面白がるような声を上げて振り向き、

「それはうれしいこと」

　と、おどけた。

「笑い事ではない」

　厳とした声を発した伊十郎は、大股で歩き出した。

「わたしは、清七さんや弥助に何が起きたのかを知りたいだけなんです。問い詰めたりもしません。ただ、小三郎からどんな話が聞けるのかを知りたいんです」

　慌てて後を追いながら存念をぶつけると、伊十郎が足を止めた。

「たとえ会っても、問い詰めてはいけない。そして、小三郎の前名が倫太郎だったことには触れぬことです。鳥居耀蔵に繋がる名を口にすることは避けるべきです」

伊十郎の静かな声に、小梅は素直に頷いた。

「南町奉行だった矢部様に仕えていたから、悪党の残忍さも用心深さも見聞きして、よく知っているんです。無茶はいけない」

そう口にして、伊十郎は踵を返して歩き出した。

小梅は何も言わず、伊十郎の少し後ろに続いた。

『薬師庵』の土間に足を踏み入れた小梅が道具箱を框に置くと、

「お帰り」

居間から出てきたお寅が声を掛けた。

「心張棒はわたしがやるから、おっ母さん、道具箱をお願い」

「うん」

お寅は小さく返事をして、道具箱を持って療治場に入った。

小梅は閉めた戸に心張棒を掛けて、土間を上がる。

療治場から出てきたお寅に続いて居間に入ると、

「あぁあ、疲れた」

小さなため息をついた小梅は、長火鉢の傍に横座りした。

「酒でも飲むかい」

向かい側に腰を下ろしたお寅が、猫板に立っている一合徳利を指さした。

「立つのは面倒だから、湯呑でいいや」

投げやりな物言いをした小梅は、猫板の盆に伏せてあった湯呑を取って、それに徳利の酒を注ぐ。

「さっき、深川の式伊十郎さんが、お前を訪ねて来たんだけど、行き合わなかったかい」

徳利に手を伸ばしたお寅は、自分の盃に酒を注ぎつつ問いかけた。

「踊りの師匠の家から帰る途中、ばったり会ったよ。牢屋敷の横で」

そう言うと、小梅は湯呑の酒を一口舐める。

「それで式さんはどうしたんだい」

「深川に帰るって言うから、永代橋を渡る式さんとは、『玄治店』の辻で別れた」

「ふぅん。だけど、日が落ちてからわざわざこっちに来るなんて、なんだったんだい」

お寅は、盃を口に近づけながら、首を捻った。

「あれだよ。矢之助親分の下っ引きをしてる栄吉への口利きを頼まれてさ。栄吉に何の用があるかは聞かなかったけど」

「ふぅん」

酒を飲んだお寅は、わけが分からないという風に小首を傾げ、

「あ、そうそう。式さんが来る前に、卯之吉さんもお前を訪ねて来たんだよぉ」

小梅の方に向かって、片手を打ち振った。

「卯之吉さんが、なんで」

小梅は、口に運びかけた湯呑をふと止めて呟く。

「どうも、お前に瀬戸物屋のお袋様へのとりなしを頼みたそうにしてたよ。なんでも、まだ幼馴染みの家の蔵の中で寝泊まりをしてるらしいんだけど、風通しが悪くて夜中も暑くて眠れないって、泣きそうな顔をしてたよ。だから、神田紺屋町の方に出療治に行ってると教えて、お引き取り願ったよ」

「あぁ、それであの辺りをうろうろしてたのか」

牢屋敷近辺に卯之吉が現れた謎が解けて、小梅は湯呑の酒を飲み干した。

「あと少し飲んだら、布団を敷くかぁ」

そう口にして座り直した小梅が、徳利に左手を伸ばすと、

「イタタ」

小さく口にして、手を引っ込めると、左の袖を捲って腕の辺りを見た。

「なんだい」

「この辺にちょっと痛みが走ったもんだから」

首を伸ばしたお寅が、小梅の腕を覗き込み、

「その辺、少し赤くなってないか」

お寅に指で押された辺りに、ほんの少し痛みを覚えた。

「なんでもないよ」

小梅はそう言って、急ぎ袖を下ろして腕を隠した。

「変な虫に刺されたんじゃないのかい」

お寅はそう言うと、ヒヒヒと妙な笑い声を上げた。

左の腕は、先刻、牢屋敷近くで足音から逃げた際、伊十郎に摑まれた箇所だった。

小梅を守ろうとしたとはいえ、痛くなるほど力強く摑むとは何事か――胸の内で舌打ちをした。

だがすぐに、それだけわたしの身を案じていたということかもしれない――そんな思いも小梅の頭を少しかすめた。

七

越前堀に架かる高橋《たかばし》を渡る小梅の足元を、一陣の風が吹き抜けて行った。

越前堀の水もこの先の八丁堀の水も、高橋の少し先で合流して江戸の海へ流れ込む。

八丁堀や築地近辺を縦横に延びる多くの水路は風の道となって、海風を奥へ奥へと送り込むのだ。

高橋を渡った小梅は、すぐに左へ足を向け、八丁堀に架かる稲荷橋を渡る。

小伝馬町の牢屋敷そばで、伊十郎に左の腕を強く摑まれた夜から二日が経った午後である。

ほどなく、八つ半（三時半頃）という頃おいだった。

今朝、小梅とお寅が療治客に灸を据え始めた五つ少し過ぎ、町小使が『薬師庵』にやって来て、小梅宛ての文を手渡した。

文の文面には、

『今日の八つ半、鉄砲洲富士で、小三郎と待つ　園』

とあり、小三郎とわりない仲になったお園からのものと思われた。

「向こうさんは、この文への返事は無用とのことです」

町小使はそう言って、文を手渡すとすぐ立ち去った。

小梅はその時、返事は無用とはどういうことかと思案した。

だが、ともかく、行くしかなかった。

この折を逃せば、小三郎とは二度と会えないような気がした。

「日本橋の『加賀屋』さんから、相談があると文が来た」

小梅はお寅に偽りを申し述べて、『薬師庵』を出て来たのである。

稲荷橋を渡ると、その袂の左手に鉄砲洲富士のある湊稲荷があった。

鉄砲洲富士とは、江戸の処々にある富士塚のひとつである。

江戸の人々の富士信仰は篤く、富士山詣は盛んだったが、日にちも費用もかかることから、女や子供でも登れるくらいの小さな富士塚を至る所に築いて神社や稲荷社を祀り、そこを登ることで富士山詣と同じご利益を得ようとしていたのだ。

湊稲荷の小さな境内へ足を踏み入れた小梅は、水辺近くにある富士塚の傍に立つ二つの人影に眼を留めた。

小梅の姿を認めたお園が小さく口を開くと、堀の対岸の方を向いていた着流しの男が体を回す。と、見覚えのある小三郎の顔があった。

小梅は、ゆっくりと富士塚に近づく。

「おれに会いたいと言ってるようなんで、お園の顔を立てて、あんたの申し出を受けることにしたよ」

小三郎は口を開くと、薄笑いを浮かべた。

「初めてお目にかかったのは、去年の十月でしたかね。小三郎さんの名は知りませんでしたが、深川の材木問屋『木島屋』を訪ねた帰り、主の甚兵衛からだと言って、わたしに草鞋代を差し出したのが、あんたでした」

小梅が話の口火を切ったが、小三郎からは何の反応もない。

「その時、耳の下に黒子《ほくろ》があったのを覚えていたのが、小三郎さんを捜す手掛かりになったんですよ」

「これか」

小三郎は、小梅の話を聞くと小さく笑って自分の左耳の下を手で撫でながら、

「それで、おれに何を聞きたいんだよ」

笑みを消して小梅を見た。

「京扇子屋の才次郎と名乗って、中村座の坂東吉太郎に近づいたわけを知りたいんです」

そう切り出した小梅からすっと眼を逸らした小三郎は、富士塚近くの置き石に腰を掛けた。

「吉太郎と二度目に会った時には、『油堀の猫助』っていう博徒と関わりのある『賽の目の銀二』を、あんたは大工の辰治として吉太郎に引き合わせましたよね」

小梅が努めて穏やかに問いかけると、

「この小梅さんと坂東吉太郎っていう役者は、恋仲だったそうなんだ」

お園が事の次第を小三郎に教えたが、

「なるほど」

表情を変えることなくそう洩らしただけである。

そして、遠くに眼を向けると、

「あの時は、おれら遊び仲間の間で、贔屓の役者を拵えて旦那になろうって遊びが流行っててね。だが、おれらは大店の旦那ほどの散財は出来ねぇ。だから、名代の看板役者じゃなく、これからっていう若い役者に近づくことにしたんだよ」

笑みを浮かべて静かに述べた。

「遊び、ですか」

小梅は呟いた。

「それだって、呼び出した相手が材木屋の手代というんじゃや、いくら大部屋の役者にしても相手にしてくれねぇと踏んで、役者には縁のある扇子屋に成りすましたんだよ」

小三郎の声は落ち着いており、その時の事情を淡々と語った。

「おれは、その遊びにはすぐに飽きたんだけどね、このまま縁を切ったら吉太郎さんに悪いからと、大工の辰治として引き合わせた銀二さんに後を任せたんだよ。その後、無沙汰をしてたが、吉太郎さんはどうしておいでです？」

　そんな問いかけをした小三郎から笑みを向けられた小梅は、どう返事をしたものか戸惑ってしまった。

　坂東吉太郎こと清七が、中村座から出た火事でどんな目に遭ったのか、お園の口から聞いて知っているはずだと思っていたのだ。

「吉太郎は、一年半前の芝居町の火事で顔に火傷を負って、役者はやめました」

「そりゃぁ――」

　そこまで口にして言葉を飲んだ小三郎は、問いかけるように脇に立っているお園を見上げた。

　すると、お園は、『小梅の言う通りだ』とでもいうように小さく頷いて見せた。

　だが、そのことを小三郎が本当に知らなかったのかどうかは、確かめようがない。

「あとで聞けば、その後、吉太郎は知り合いと組んで、声色屋をして食いつないでいたようです」

「なるほど」

　小三郎は、小梅の話に小声で答えた。

「わたし、去年の十月の晦日に、吉太郎に呼び出されて、一年ぶりくらいに会ったんです」

小梅がそう言うと、

「ほう」

小三郎は、特段関心を示す様子もなく、気のない返事をした。

「その時、中村座から火が出た前夜、小三郎さんが引き合わせた大工の辰治と深酒をして、中村座の楽屋で寝ることにしたんだと聞きました。そして、その翌朝早く、小屋から火が出たんです」

「小梅さん、どうしてそんな話をするんです」

お園がきつい声でとがめた。

その声に動ずることなく、小梅は話を続ける。

「だけど、火事跡からも、死人置き場からも、辰治の骸《むくろ》は見つからなかったんです。顔形が分からなくなるくらい焼けてしまったと思っていたら、火事から一年以上も経った去年の冬、刺し殺された死体となって大川に浮かんでいたと、吉太郎は知ったんですよ」

「あの、辰治がねぇ」

そう呟くと、小三郎がつるりと顎を撫でた。

「それがどうして辰治と分かったかというと、賽子を咥えた蛇の彫物が死体の腕に彫られていたからですよ。二人で飲食を共にするようになっていた時分、辰治の腕に同じような彫物があるのを見ていたんです。吉太郎はそれで、中村座の火事に不審を抱いてしまったんですよ。辰治という男は、中村座に入り込むために自分に近づいたんじゃあるまいかって」

「なんだって、そんな話を小三郎さんにしなくちゃならないのっ」

お園が、鋭い声を上げた。

その声に、小梅はどきりとした。

腹に納めていたことを一気に口にしてよかったのかどうか、うろたえてしまった。

しかし、当の小三郎は、

「辰治と名乗ったあの銀二さんが、なんだって中村座に出入りしようと思ったんだろうねぇ。おれには、その心中は分からねぇなぁ」

他人事《ひとごと》のような物言いをして、小梅の話に動じた様子は見せなかった。

「吉太郎は、そのことを探ると言ってわたしの前からいなくなったんです。それからしばらくしたら、今度はその吉太郎が、死んで汐留川に浮かんでしまったんですよ」

小梅は、小三郎の顔色を窺いながら口にした。

「なるほど」

そう言いながら両膝を両手で叩いて、小三郎は腰を上げた。

するとお園が小三郎に近寄って、

「あれだね。小梅さんとしては、恋仲の吉太郎さんに何があったのかを知りたいっていうことなんだろうね」

と語りかけた。

「しかし小梅さん。中村座の火事のことにしろ、銀二さんや吉太郎さんの死にしろ、調べたお役人が何にも言っちゃいないとすれば、疑うようなことは何にもなかったってことじゃねぇのかねぇ」

小三郎の口から事を分けた話が出ると、小梅には返す言葉もなかった。

八

小三郎の話に言葉を失ってしまった小梅は、この後何を聞けばいいのか途方に暮れてしまった。

言いたいことはいくつもあるが、相手の気を削ぐようなことは避けなければならない。

「江戸じゃ火事は珍しくもないし、水辺に浮いてる死人もいれば、行き倒れもよく見かけるもの」

お園は、疑うことは何もなかったと言った小三郎の弁を裏付けるような江戸の現状を語ると、

「ほら、あれ」

対岸の方に眼を留めて指をさした。

小梅が、霊岸島の将監《しょうげん》河岸近くを見ると、三艘の小船が寄りあって、向井《むかい》将監配下と思しき御船手組の者たちが、日を浴びた川面に浮かんだ死人を船に引き上げよ

うとしている。

そして、やっとのことで、一方に傾いた船の上に死体が引き上げられた。

「さすがに御船手組だ。船の上の手際は馴れたもんだ」

感心した声を上げると、小三郎はにやりと笑った。

「小三郎さんに、もう一つ聞きたいことがあるんですが」

小梅がそう申し出ると、

「なんだい」

小三郎は穏やかな声を向けた。

「今年の二月、浅草下平右衛門町の船宿『鶴清楼』に材木問屋『日向屋』の勘右衛門さんを訪ねたわたしを、小三郎さんは付けて来ましたね」

小梅は努めて穏やかな物言いをした。

すると、

「どうして付けたりしたんだね」

お園から昂ぶった声を向けられた小三郎は、

「なにも焼くこたぁないだろう。おめぇと知り合う前のこった」

小さく笑って、川面を向いた。

「それで、この人に付けられて、どうしたんだい」

お園は小梅に向かって声を荒らげた。

「あぁ、思い出した。あの夜、たしかに付けた」

小三郎は、小梅の方を向いて頷いた。

「どうして小梅さんを付けなきゃならないんだい」

「匕首を抜いて、わたしに斬りかかるためにだよ」

小梅が静かに答えると、お園は息を呑み、

「どうして」

と声を掠れさせた。

「多分、鳥居耀蔵様に従っておいでのお侍に命じられたんでしょうよ。黒ずくめのお侍に」

そう言いながら、小梅は小三郎の顔色を窺う。

「なるほど。無明半兵衛《むみょうはんべえ》様のことを知っていたか」

「名を聞いたのは、今が初めてだよ」

小梅が答えると、小三郎はため息をついて辺りを見回した。

「あんたのことは、おれは何も知らず、無明様に命じられたことをしようとしただけでね」

あっけらかんと返答すると、

「なにせ、鳥居耀蔵様も『日向屋』の旦那も、敵の多い人だからな」

小三郎はゆったりと、落ち着き払った物言いをした。

小梅は咄嗟に、これまで鳥居耀蔵を敵と見ていたお園に眼を向けた。

が、お園は表情を変えずに突っ立っていた。

「あの船宿に現れたあんたを、無明様は女の刺客だと思ったのかもしれねぇ。怪しい相手は、早く始末しなきゃならねぇからね」

小三郎はそう言うと、

「けど、あんたが敵じゃなくてよかったよ。鳥居様も『日向屋』の旦那も、あんたの灸の腕を買っておいでのようだ。あのお人たちは、敵を贔屓にするほど間抜けじゃねぇよ。そうだろう？」

小梅に笑みを向けた。そして、

「このくらいでいいかね」

問いかけた小三郎に、小梅は小さく頷いた。

「あ、りんた、いえ小三郎さん、つかぬことを伺いますが、お前さんは鳥居様とお会いになったことはあるんですか」

「話をしたことはねぇが、『笹生亭』や下谷のお屋敷に使いに行ったりするから、一、二度挨拶したことはある」

「なるほど、そうですか」

そう言って、小梅は小さく頷いた。

「もういいだろ」

小三郎が、少し焦《じ》れたように促したが、

「もしわたしが、お前さんに用がある時は、どうしたらいいんでしょうね」

「あんたがおれに、どんな用があるっていうんだい」

小三郎が、訝しそうに眉をひそめた。

「分かりました。どうしてもという用が出来た時は、お園さんに声を掛けることにしますよ」

「わたしは、あんたにはこの人にあんまり近づいてもらいたくないんだけどね」

お園から剣突を食らった小梅は、

「それじゃ別の手を考えますが、どうぞ、先に行ってください」

そう促した。

「いや、あんたが先に行ってくれ。おれが先に行くと、後を付けられるかもしれねえ」

真顔の小三郎から、そんな返答が向けられた。

「お園の塒《ねぐら》はともかく、おれの行先は、知られたくないんだよ」

「分かりました。それじゃ」

二人に会釈をして境内から出かかった時、

「ちょっと待ってくれ」

小三郎から声が掛かって、小梅は足を止めた。

「お前さんさっき、おれに、りんとかりんたとかって言いかけなかったか」

「わたしがですか」

小梅は惚けると、

「あぁそうか。もしそんなことを言ったとしたら、すみません。いえね、ずいぶん前、堀留の錺職《かざりしょく》の倅に林助《りんすけ》っていう暴れ者がいたんですよ。そいつの風貌が、どことなく小三郎さんに似てたもんだから、ついその男の名を出しそうになったんだと思いますよ」

平然と嘘で塗り固めた。

「りんすけ、か」

「ええ」

小梅は頷くと、

「それじゃ、わたしはお先に」

軽く頭を下げて、境内を後にした。

小梅は後ろを振り返ることなく稲荷橋を渡ると、高橋を渡らずに、越前堀の左岸の日比谷河岸に沿って行き、奉行所の役人の組屋敷が立ち並ぶ一帯を通り抜けることにした。

それにしても、さっき小三郎に向かって「りんた」と呼びかけた時はひやりとした。

小三郎を前にして、前名の倫太郎のことは口にしてはならないと、先日伊十郎に釘を刺されたばかりだったのに迂闊《うかつ》だった。

小三郎が会うことを承知したのには、誰かの指示があったからではないのかという思いが、歩を進めながら小梅の脳裏に浮かんだ。それは、小三郎の生い立ちを知っている『日向屋』か、今日初めて名を知った、無明半兵衛という侍かもしれない。

小梅は、先刻小三郎が口にしたことには首を傾げるばかりだった。

小三郎の答えが、疑義の入る余地のないくらい整っていたのだ。

お園から、小梅が聞きたいことがあることは小三郎に伝わっていたから、なにを聞かれてもいいように、答えを用意していたとも考えられる。

それも、小三郎一人がひねり出したのではないような気もする。

答えの筋書きを考えた知恵者が、小三郎の周りにいるのだろうか。

日比谷河岸を半町（約五四メートル）ばかり進んだところで、小梅はゆっくりと足を止め、後ろを振り向いた。

小三郎が付けて来てはいないかと気を回したが、その気配はなさそうだ。

むしろ、行先を知られまいと気を遣う小三郎の後を付けて、その行先を知りたいという思いが募る。
しかし、それを相手に気付かれたら、ただでは済むまい。
それに、今から湊稲荷に引き返しても、おそらく小三郎とお園の姿はあるまい。
小梅は、越前堀の先に見えている亀島橋の方へゆっくりと足を向けた。
その時、西日を雲が覆ったのか、辺りがすっと翳った。

本書は書き下ろしです。

幻冬舎時代小説文庫

小梅《こうめ》のとっちめ灸《きゅう》

(五)豆助騒動《まめすけそうどう》

金子成人《かねこなりと》

令和6年6月10日　初版発行

発行人――石原正康
編集人――高部真人
発行所――株式会社幻冬舎
〒151-0051東京都渋谷区千駄ヶ谷4-9-7
電話　03(5411)6222(営業)
　　　03(5411)6211(編集)
公式HP　https://www.gentosha.co.jp/
印刷・製本―株式会社　光邦
装丁者――高橋雅之

幻冬舎時代小説文庫

ISBN978-4-344-43388-5　C0193　か-48-9

この本に関するご意見・ご感想は、下記アンケートフォームからお寄せください。
https://www.gentosha.co.jp/e/